氷の檻

伊塚和水

Iduka Kazui

文芸社

氷の檻　目次

表～『塔』の外～

一・クウェン

「おいクウェンっ、ここ雑巾掛けしといてくれ」

言いながら、会長は雑巾の入ったバケツを部屋の真ん中に置いた。必要以上に主張した腹の出っ張りをさすって、じろりとこちらを見る。

（またか……）

俺もじろりと見返した。

「何で俺には仕事回さないで、こんなことばっかさせセンだよっ」

会長は皮肉った笑みを浮かべると、いつもの答えを返す。

「しょうがねぇだろーが。何の能力もないお前に、できる仕事はこれだけなんだからよ」

「――……チッ」

俺は舌打ちをして、置かれたバケツに向かった。バケツの中から雑巾を選び、絞る。

（こんな仕事でも）

こなさなけりゃあ金は入らない。

嫌々ながらも、俺は既に日課となった雑巾掛けを開始した。


生まれてくる時代を間違ったんじゃないか。心から俺は、そう思う。

この時代では、俺は役立たずでしかない。

(宇宙一寿命が永いと言われる竜が)

語るはるか昔は。

俺のような何の力もない人間が、支配する星があったという。そんな時代に生まれていたら、こんな惨めな思いをすることなどなかっただろうに。

何の力もないことが、普通でなくなってしまったこの世界。

ありとあらゆるジャンルの生物——例えば、人間でありながら様々な能力を会得した者や有翼人、エルフをはじめとする人化した精霊たちなど——が、当たり前のように存在してしまっている世界。

はじまりは、疑似ブラックホール生成の失敗だったのだと、竜は言う。

かつて人間というものが当たり前に無力だった頃。人間《ひと》は行き場のない廃棄物《ゴミ》を宇宙へ捨てようと考えた。しかしただ捨てるには抵抗があったから、疑似ブラックホールを創りそれに捨てようと考えたのだ。考えたのだったが……ブラックホールの生成はうまくいかず、結果生まれたのが暴走した疑似ブラックホールだった。

宇宙空間に現れた――いや、創られたそれは、少しずつ宇宙を飲み込みはじめた。宇宙に点在する数々の星は、徐々にそれに引っ張られていき……やがて、詰まった。

（こんな馬鹿みたいな話が実際に起こったなんて、いまだに信じられないが……）

幸か不幸か、それはとても小さかったのだ。生物の生息する、どの惑星《ほし》よりも。だから、はじめの星が詰まったのをきっかけに、三百六十度すべての角度から様々な星が詰まってしまった。

星々はゆっくりと衝突し、欠け、引き寄せられ、固定する。そうしてそれを核としたいびつな星が完成すると、その星々自体が栓的な役割となり、それの収縮は収まったのだった。

様々な星が衝突し合ってできたこの星は、当初、かなりのダメージを受けていたという。衝突した際に欠けた部分に居た沢山の生物が犠牲となり、各星の生物生存数は半分以下にまで激減した。そしてこの事態を重く見た各星・各種族の代表は、協力し合うことでこの事態を乗り切ろうとしたのだ。

そうして結成されたのが、各種族の代表からなる『全生物種星間連盟』。略して『せい連』と呼ばれる（生物の『生』と星間の『星』をとっているため『せい』は平仮名）。既に一つの星と化してしまったのだから実際星間とは言わないのだろうが、あえて残すことで歴史を忘れないようにしている（らしい）。

せい連は、各種族に合わせ事細かに規制を記述した憲法『種間法』を発布し、一つの言語を優先して指導した。はじめは誰一人としてうまくいくとは思っていなかった新しい世界が、少しずつ少しずつ、キレイに機能しはじめた。

それからずいぶん時が経って、今現在。相変わらず多種多様な種族が、当たり前のように一緒に生活を送っている。種間法も、問題を指摘されるごとに書き換えられ、常に厳しい監視の目に置かれている。

種間法とは、例えば何を規定しているのかと言えば——超能力者・魔法使いの力の制限や、剣・銃の携帯の免許・許可制度。それに、吸血鬼のための献血センターの設置や、任意による吸血への許可などなど。妖怪や幽霊に至っては、むやみに他の生物を脅かさないことや、どうしても我慢できない時はお化け屋敷を利用することといった、どうでもいいような細部までしっかりと記述されている。

(これ以上、生物が減らないように……?)

俺にはその意味が、良くわからないけれど。この種間法のおかげで世界が平和であるのは、変えようのない事実だ。


一通り雑巾掛けを終えると、休む暇もなく今度は買い物を頼まれる。財布と買い物メモを握り締めて外に出ると、嫌な奴らに声をかけられた。

「あれあれー? 一体どこ行くのかな~クウェンくーん」

「仕事でも入ったのか? ——ん? なんだ、やっぱおつかいかよ」

「ぎゃははっ、だっせー。やっぱ無能なお前にできることなんてないよな~」

無視して、俺は歩き出す。

(もう慣れた)

浴びせられる言葉も、奴らへの腹立たしさも。

（何の能力もない自分を）

諦めることも。

望んでも手に入らない。

だから何も望まない。

そうすることで、俺は何とか生きてきた。

俺の所属するワーカーズギルドは、万屋《よろずや》を営む人々が寄り添ってできたギルドだ。仕事の依頼はまず本部の——会長の所に届けられ、それが各ワーカーに回される。依頼書には『希望能力』という欄が設けられていて、会長はその能力を宿した者に優先的に仕事を回す。

（——だから）

俺に仕事はなく、本部の雑用ばかりしている。

さっき俺に声をかけたのは、このギルドの中でも稼ぎの多いグループだ。半分が超能力者、半分が魔法使い。何もできない俺を、からかうことで自分たちを高めている。

（そして俺は下降する）

——はぁ……。

自然と、ため息が漏れた。

行き交う生物たちの群れ。賑わう街。

人間の形をした様々な能力者。超能力者、魔法使い、錬氣術士、剣士、有翼人、そしてエルフ・ドワーフ・ハーフリング（小人）。もちろん吸血鬼だっている。妖怪も精霊もいるだろうが、人間を形作っているため気付くことはできない。

（この中の一体何人が）

かつて普通と呼ばれた人間なのだろう？

（そして何人が）

俺のため息を、受けとめてくれるのだろうか。

買い物のメモを見ながら、俺は一軒の料理店に入る。明るい雰囲気の店内が若者に人気の店だ。

「いらっしゃいませー！」

元気良く挨拶するウエイトレスに、俺は料理長に会わせてもらえるよう頼んだ。

ギルドの会長は、はっきり言って料理にはうるさい。本人はただの趣味だと言っているが、趣味の域をはるかに越えているのは、食材や調味料へのこだわりを見れば明らかだ。この料理店に来たのも、ここの料理長しか作れないソースを分けてもらうためなのだった。

「料理長はただ今調理中ですので、しばらくお待ち下さ〜い」

戻ってきたウエイトレスは、いかにも営業用の笑顔でそう告げた。

（ちょうどいい）

俺は入口近くのあいていた席に腰掛け、コーヒーを注文する。

意外と重労働の雑巾掛け。疲れていないと言えば嘘になる。

——カランコロン……

コーヒーを待って、なんとなく「ぼーっ」としていると、扉が鈴の音をたてゆっくりと開いた。俺が入ってきた時にはまったく気付かなかった音に、俺は目をやる。

入って来たのは、なんとも不思議な格好をした少女。髪は後ろで四つに結んでいたし、両サイドの前髪もなびいた。女はなにかと足を隠したがる時代に、その子はももほどしかない短いスカートをはいていた。

だけどそれが、とても魅力的な。

(不思議、少女……)

彼女はそう呼ばれていた。

はじめてそれを聞いた時、

(何つー呼び方だ……)

とはっきり言って思った。しかし実際会ってみると、それ以外適切な表現が思いつかないことがわかる。

『不思議少女』。

不思議な少女。もちろん本名ではない。

彼女が現れたのは、実はごく最近のことで。人を惹きつける魅力を持った彼女に、それこそ何人もの男がアタックしたのだが、誰も相手にされなかった。彼女についてわかることといえば、彼女がただ限りなく不思議な存在だということだけ。

(名前はおろか)

年齢も職業も出身星も種族も性格も、わからない。女じゃないのかもしれないという噂すらあるほどだ。

『不思議少女』。

この地区で、ちょっとしたアイドル的存在となっている。かくいう俺も結構意識はしているから、ファンと言えるかもしれない。

『不思議少女』は俺のテーブルの前を通って、厨房に近い側のテーブルについた。結構広い店内なので観察しにくくなったが、間もなくコーヒーとともに料理長がやってきたので、それ以上観察することはなかった。

（今日会えただけでも、ラッキーとするか……）

俺はコーヒーを一気飲みし、料理長から秘伝のソースを受け取ると、その店をあとにした。

歩きながら、残りのメモを確認する。

（人肉屋で贅肉《ぜいにく》五百グラムと、珍品市で土竜《もぐら》人参十本。それと……）

「『週刊せい連万歳』？」

つい、俺は声に出して読んだ。おそらく本（雑誌？）の題なんだろう。しかし会長がこんな政治的な本を読んでいるとは意外だった。

俺は人肉屋と珍品市に顔を出して目的の物を買うと、本屋に足をのばす。

（えっと……）

『週刊せい連万歳』……『週刊せい連万歳』……。

陳列棚を隅々まで探してみるが、一向に見あたらない。週刊というくらいだから、せめて先週号があってもおかしくないはずだが。

これ以上探すのが面倒になって、俺はレジにいた店員に声をかけた。

「すみません。『週刊せい連万歳』ってありますか？」

問われた店員は、もう何度も聞かれているのだろうか、うんざりしたような声で答えた。

「現在サミットが長引いているため、あいにく発行が遅れておりまして……。終わりしだい発行されるそうですから、もうしばらくお待ち下さい」

この言葉から、『週刊せい連万歳』は本というより新聞のような物なんだろうと勝手に想像する。

（それにしても）

現在サミット開催中だとは、まったく知らなかった。

元々各種族の代表は、せい連の管理する『平和塔』で共同生活をしている。人種間を超えて仲良く生活するには、まずトップたちが見本を……そんな意味があるらしいが、効果はおそらくないのだろう。何故なら、各種族の代表を他の種族は知らないからだ。それは他種族による暗殺を警戒してのことだという。中には自分の種族の代表でさえ知らされない種族もあるらしいが、それは信頼ゆえなのだと誰かが説いていたっけ。おまけに『塔』の内部の情報はまったく流れておらず、実際本当に連中が仲良く暮らしているのかなんて誰にもわからない。とにかく、そんな風に大抵一緒にいる(らしい)お偉いさん方だから、改まって会議をしてもさほど騒がれはしないのだ。

ただ以前一度だけ、サミットの決議方法に関して騒がれたことがあった。サミットでは、多数決ではなく完全に話し合いで決議する。そして最終的に決定をくだすのは、『せい連機密会議』で選出された正真正銘のせい連トップ。長い間、例の疑似ブラックホールが暴走した当初から生き続けている竜の種族代表が務めていたのだが、そのトップ交代を境にして、どの種族の代表が務めているのかも隠すようになった。だから、実はトップなどいないのではないかとか、自分たちの都合のいいように法案を作り変えているのではないかとか噂がたって騒がれた。そのことに関してせい連は、『トップは我々の中から確かに選出され、使命も果たしている』と発表している。それで噂が収まったわけではなかったが、それ以上広まることもなかった。

そんなことでもない限り、この世界の政治局面は平和で、大したニュースなどない。

――なかった、けれど。

今回のサミットで発表された事項は、あまりに衝撃的だった。

「あの、『週刊せい連万歳』が届きましたよ！」

閲覧コーナーで漫画本を読んでいた俺は、声をかけられそのコーナーへ向かう。

積まれている紙の山（やはり新聞もどきだった）を見ると、早速買っていく生物の姿が意外と多かった。

俺も一部手に取り、レジに持っていく。

「ありがとうございました」

実に義務的な声におくられ、俺は本屋を出た。ギルド本部へ向かう。

今日の俺も、どうやら掃除と買い物で終わりらしかった。

（周りの皆は）

次の日へと進んでいくのに。明日は今日の続きなのに。

（俺だけは）

前時代的な感覚《それ》に囚われていた。今日は昨日の繰り返しでしかない。

そして多分、明日も。

（進むことのない俺）

いっそ消えてしまおうか。

思うことも多い。

（けれど……）

「ただ今っ大変なニュースが入りました！」

突然頭の上の方で、そんなけたたましい声がした。見ると、建物の側面に大きなスクリーンが設置されており、そこに人の顔が映っている。巨大な街頭テレビだ。

アナウンサーは続ける。

「先程販売が開始されました『週刊せい連万歳』によりますと、『不思議少女』に関する宣言が、今回のサミットで出された模様ですっ」

（え……?!）

なんだ？　『不思議少女』に関する宣言？

『週刊せい連万歳』を買わせるためだろう。ニュースではそれ以上詳しくは言わなかった。

俺は急いで、先程購入したばかりの『週刊せい連万歳』を広げる。

一面には、今日サミットが行われたという記事と、その会議の内容が載っている。代表は秘密にされているため、顔の写真はない。

俺は二面、三面と飛ばし、四、五面でその手をとめた。

それはまさしく『宣言』だった。


『不思議少女』の不思議を解き明かした者に、この世界の覇権を与える――


『宣言』は、瞬く間に世界中に広がった。ただしその宣言に色めき立っているのは、おそらくこの周辺地区の者たちだけだろう。何故なら、他の地区の人々は『不思議少女』の存在を知らない。あの宣言を見て知った人は、まず『不思議少女』が一体何なのかを知ることからはじめなければならない。その分ここは有利で、だからこそ異常に加熱していた。

『不思議少女』はこの宣言の日を境に毎日、世界の覇権を狙う生物たちに追われる身となった。

（くだらない……）

一週間経って、新しい『週刊せい連万歳』を会長から借りた。それを読んでも、俺にはそんな感想しか湧かない。

「くだらない」

今度は口に出す。

（どうして皆、こんな胡散臭《うさんくさ》い話を信じられるんだろう）

つくづくそう思う。

たとえせい連の宣言であっても、内容があまりに突飛過ぎる。それに意味がわからない。

（『不思議少女』の不思議なんて……）

一体何を表しているというんだ。

それにつられて群がる生物たちにも、俺は冷たい視線を送っていた。彼女の何を明かすつもりなのか、ぜひ教えて欲しい。

（捕まえたって）

何もわかりはしないだろう。

だって彼女自身が言うはずない。わかるのは正確な性別くらいではないか。

しかしそれは不思議でも何でもない。何の意味もない。それなのに皆、追うことをやめない。

賢い者は彼女には接触せず、外側から攻めているようだ。突然この地区に現れた彼女の過去を、探ろうとしている。まだ誰も彼女の足跡をたどれた者はいないけれど。

(――くだらないっ!)

何度言っても、もやもやした感情が心に残るだけだった。自分でも、この気持ちがなんなのか理解できない。

(ファン心理の嫉妬?)

それとは違う気がする。

ただ――

(――そう、ただ……)

特殊な能力を持ちながら、それをこんなくだらないことに使っているのが、許せないだけだろう。

「なーに怖ぇ顔して『せい万』眺めてんだ。読み終わったんならちょっと手伝え」

台所――いや、厨房のドアから顔を出して、会長は告げた。俺が手伝うと味が狂うと文句を言うくせに、会長は俺が何もしていないのが嫌でよく手伝わせる。だから俺は、わざと味を変えたりする。

『週刊せい連万歳』（略して『せい万』と呼ぶらしい）をテーブルの上に置いて、俺はエプロンを取った。厨房に入る。

「お前の隠し味は不味《まず》いから、洗い物をしてくれ」

嫌がらせを先読みされ、俺は流しの方に向かった。

ワーカーや依頼者たちが使ったコップや、今料理に使ったばかりの鍋などが散乱している。俺はまずそれらを片側に集め、油のついていないものから洗いはじめた。

「――で？　なんか嫌な記事でもあったのか？」

隣でチャーハンを炒めながら、会長は問った。俺は素っ気なく答える。

「別に。――ただ……」

「ただ？」

洗う手をとめて。

「みんな馬鹿だ」

きっぱりと告げた。

「お前に言われたくないね」

会長もきっぱりと言う。

俺は小さく笑う。

(馬鹿ばっかりだ)

今週の『週刊せい連万歳』に載っていた記事。ある超能力者が、法を犯して超能力で『不思議少女』を拘束したというのだ。また、魔法で脅したというものもあった。超能力も魔法も、種間法で威力と用途を制限されている。前者は明らかに用途に問題があり、調べの結果使用した力の強さも制限を越えていたらしい。後者は用途の違反。

(たとえ世界の覇権を手に入れるチャンスといったって)

捕まってしまったら何の意味もない。

それ以前に俺には、『世界の覇権』のためにそこまでやれる者たちが信じられない。

(だって俺は)

世界の覇権なんて、欲しくない。

世界を上手に動かす自信がない。

潰れそうな程のプレッシャーと義務感、呼吸にさえ責任を求められるポスト。

（どうしてそれを、欲しがるのか）

手に入れたって、自分の自由になどできるわけがない。考えればわかることなのに。目先のチャンスと希望に惑わされ、誰も考えようとしない。

（本当に、馬鹿だ）


そんなことに力を使うくらいなら、俺にくれればいいのに——？

——ガシャンっ

一つのコップが、床に弾けた。

（俺の）

なけなしのプライドと共に。

「何やってんだ、クウェンっ。本当に役立たずだな、お前は！」
その通りだ。頷こう。
（気付いてしまった）
くだらない。
馬鹿だ。
そう罵ってばかりいる俺は。
（結局はただ）
羨ましいだけなのだ。

「死ねばいいわ」
『不思議少女』は、真顔でそう告げた。

★

「死ねばいいじゃない」

もう一度。

「面倒で辛い人生を生きるより、死んでしまえば楽よ」

そう。そうだろう。

俺はまた、下を見る。地上十三階。

(ここから落ちれば)

楽に死ねるのだろう。

一歩、踏み出してみる。

「でも」

『不思議少女』は続けた。

「だから」

俺は耳を傾ける。

「生きることの方が、勇気がいるの」

自殺よりも？

「知ってる？　生きてるって、プライドよ」

プライド。

（そんなもの）

俺は持ち合わせていない。

じゃあやっぱり。

「俺には生きる資格がない」

疑問形なのか独白なのか、自分でも判別つかなかった。ただ『不思議少女』は、ゆっくりと左右に首を振ると。

「行きましょう」

俺に手を伸ばした。

（『不思議少女』の不思議）

その言葉に、伸ばされた手に、逆らうことはできなかった。

どうして俺が『不思議少女』と一緒にいるのか。それは彼女が、俺に仕事を依頼したからだ。

その日は仕事の依頼が全体的に少なく、ギルド本部には沢山のワーカーが待機していた。

俺はそいつらを邪魔に思いながら、馬鹿にされながら、いつものように掃除に徹していた。

そこへやって来たのが、なんと『不思議少女』だった。自分のボディガードを探しに来た彼女は、何を思ったか俺を指名した。何の能力も持たない、無力な俺を。

そしてここに――ビルの屋上に連れて来られた。

フェンスの向こうの遠い地上を、俺はどんな目で見ていたのだろう。


「死ねばいいわ」


突然彼女に、そんなことを言われた。

（俺の心を、読んだかのように……？）

自分でも持て余す心。

それを。

階段を下る。

『不思議少女』は疲れなど見せずに、ひたすら下る。俺はそれに遅れないようついていくので精一杯だった。

「——どうして…俺を選んだ？」

既にばてている自分に嫌気が差し、俺は『不思議少女』に問った。

「あなたがいちばん、あたしに興味がなさそうだったから」

息一つ乱さず、彼女は答える。それ以上は言わなかった。それだけなのだろう。

（当たってる……）

興味がないわけでは決してないのだが、彼女のすべてを知りたいとは思わない。『不思議少女』は不思議だからこそ魅力的であることを、俺は知っていたから。そしてあの宣言に、彼女の登場に興味を示さなかったのは、ワーカーの中で俺一人だった。

——ギィィ

やっと階段をすべて下り終わって、出口の扉が開かれた。階段が薄暗かっただけに、外の何気ない光も眩しく感じられた。目を細める。

そんな俺に、不意に振り返った『不思議少女』は告げた。

「それと。あなたに手伝って欲しいことがあるの」

表情《かお》は読めなかった。


「あたしは流れのワーカーよ。だからギルドには所属していない」

目的の場所（どこかは知らないが）に向かいながら、彼女は話しはじめた。

「依頼があったんだけどね、あたしだけの力じゃ、どうにも無理で……。あなたのような人の力が必要なの」

よくわからない。

「あなたのような人の定義は何？」

俺は問う。

自分の何を必要とされているのか。

「――かつて、普通と呼ばれた人間、かしら」

　竜の語る昔を、彼女も語る。

　つまり、何の力も持たないことを。

（欲されている……？）

　珍しいこともあるもんだ。

「いろんなギルド調べたんだけど、あなたしかいなかったから」

「選択肢がなくて残念？」

「いいえ？　あなたのような人で良かったわ」

　さらりと、『不思議少女』は答えた。

「……今の、あなたのような人の定義は？」

「さぁ、何かしら？」

　からかうような表情。瞬間、彼女は普通の少女だった。

　少し嬉しくなった。

　少し哀しくなった。

「あの宣言……」

　彼女の日常を壊していくモノ。

「君はあれを、どう思っているんだ?」

聞きたくなった。

彼女は首を傾けると、

「別に?」

そう、やはりさらりと答えた。

「別にって……それだけ?」

「ん。だってあたし、自分のこと何も知らないもの。だから誰かが教えてくれるんなら、それはそれで嬉しいわ」

(え……)

自分のことを知らない?!

「知らないわ」

彼女はくり返した。

「だったら、それを皆に言えばいいじゃないか! そうすれば、君自身は狙われなくなる」

「ダ・メ・よ。それじゃあつまらないじゃない」

（つ、つまらない……？）

彼女の言葉に唖然とする俺に、彼女は続ける。

「それに、あたしは一応この宣言の理由を知ってるから」

「理由？　理由なんてあるのか？」

「まぁね」

視線を前に戻して。

「——この世界は今、乾いているの。少しの火種が大火事になりかねない。だから潤いが必要よ。それがあたし」

「潤い？」

俺が怪訝な顔を作ると、彼女は。

「そう。あたしの不思議を解こうとする人は、同時に戦争なんかしないでしょ？　そういうことよ。平和が長く続けば続くほど、戦争が起こった時の反動は大きいわ。だから未然に防ぐことが大切なの」

言うことが大きい。並みのスケールじゃない。だから俺は、無意識に問った。

「——君は、何者なんだ……？」

「ピタっ」と、歩いていた足がとまる。

「面白いことを聞くのね。じゃああなたは自分が何者か知ってるの？」

鋭い目で睨んだ。

「え？」

（俺は……）

問い返されて、俺は少し言葉に詰まる。

「俺は──クウェン、だ。何の力もない、ワーカー……」

「それを証明できるの？」

「証、明？　そんなもの必要ないだろ？　俺が自分でそう言ってるんだから」

「勘違いかも知れないじゃない。それに、誰も信じなければ意味がないわ」

「そんな……っ」

「どうして自分が『クウェン』だなんてわかるの。どうしてそれをみんなが受け入れてくれると思うの。自分の認識なんて無意味よ。それがなくてもみんな生きていけるのに。どうしてこだわるの」

（何？　何を言ってるんだ！）

俺は混乱する。

何故だかわからないけど、痛い所を突かれているような……

「自分が何者かなんて、本当は誰も知らないのに……っ」

「！」

きつく握り締められた手に。

「君は何者なんだ？」

軽率すぎた言葉を、今さらながら思う。

（自分のことは何も知らないと）

さっき聞いたばかりだったのに。

「――ごめん……」

詫びる俺に頷いて、『不思議少女』はまた、歩きはじめた。

通常なら十五分程度の距離だったと思う。しかし途中、世界の覇権を狙う奴らに何度か追い掛け回され、そのたびにまき、狭い範囲をぐるぐると走り回った。逃げるより他に手立てのない俺は、つくづくボディガードの役目を何ら果たしていないと思う。もちろん『不思議少女』はそれを承知で、俺を雇ったのだろうけど。

（情けない……）

そう思わずには、いられなかった。

やがて『不思議少女』は立ちどまると、目の前の建物を見上げた。先程のビルよりは少し低いが、やはりビルだった。戸惑いなく、彼女は扉を開く。

「仕事の内容は自殺志願者の説得よ。あたしは一度彼に接触したの。もちろん一人でね」

俺の前で階段を上がる彼女が、突然そう告げた。やはり息は乱れない。

「だけど彼は、あなたのような人の説得でなければ聞けないと、駄々をこねるの。——さっき途中のビルに寄ったのはね、彼がまだ生きていることを確かめるためよ」

「！」

（それを先に言ってくれれば）

俺は下で待っていたのに。

毒づく。

階段昇降した後にこれだけ走らされて、俺は精神的にも身体的にも疲労していた。

だいたいにして。

「自殺志願者の説得なんて、ワーカーの仕事じゃないだろ?!」

そういうのは、おせっかいなオヤジか田舎で泣いているはずの両親に任せておけばいいんだ。

『不思議少女』は応える。

「あたしは仕事を選ばない。契約がきちんと成立するなら、問題はないわ」

「金次第、か？」

ワーカーは金次第で何でもやる奴ら——そうは言っても、『不思議少女』のような少女までもがそうだとは思いたくなかった。

彼女はゆっくりと足をとめると、

「ずいぶんなことを言うのね」

そう告げてから、振り返り俺を睨む。

（怒った……？）

「金額は関係ない。問題は想いよ」

そう強く告げた。

その迫力に、俺は一歩どころか二歩三歩退いたのだった。

屋上にいたのは、俺と同じくらいの年齢《とし》の男だった。

「連れて来てくれたの……？」

『不思議少女』に問いかける。

「ええ。連れて来たわよ？　とても苦労したんだから」

彼女はそう答えると、俺の背中を思いっきり押した。

「わぁ！」

俺はよろけて、三歩ほど前に出る。

男と視線が合う。

「――君なら、わかるよねぇ？」

問われている内容が、いまいちよくわからなかった。しかし男が自殺志願者であることは聞いているから、俺は刺激しないように一応言葉を選んだ。

「何がだ？」

「とぼけないでよ！」

選んだつもりだが、効果はなかった。

「君も……何の力もない人間なんだろ？　周りの生物は、君を馬鹿にしない？」

「……」

（——そういうことか）

俺は理解すると、答えた。

「するな」

「やっぱり！」

男は嬉しそうに目を輝かせる。

「嫌だろ？　やめて欲しいだろ？　でもダメなんだ。誰もわかってくれやしない。お前なんかいない方がいいって、どうして生まれてきたんだって、みんなただ言うんだ！　両親ですら、僕をけなすよ？　早く死ねばいいって。死んでしまえって！」

「！　お前……」

（俺と同じように）

両親にすら、疎まれているのか。

「そんな風に言われたら、死ぬしかないじゃないか。他に何ができる？　何をしたって、邪魔にしかならない。——そうだ君、一緒に逝かないか…?!」

小さく震えはじめた俺に、男は手を伸ばした。真っ直ぐに。
(手……)
逆から伸ばされる手。
死へと誘《いざな》う手。
(こいつの言うことは)
痛いほどよくわかる。
俺も同じことを、何度も思った。
(それでも踏みとどまれたのは)
俺を疎ましく思う者たちへの、復讐──。

俺を産んだ人は、それが原因で死んだ。俺は父親に引き取られたが、その父親には既に妻がいた。つまり俺は、生まれる必要のない子供だった。
引き取られてからは、毎日が地獄だった。ゆっくり眠ることもできない。満足に食事も与えられない。自由に外へ出ることも許されない。

「お前の母親は淫乱だ」

まだ意味のわからない悪口を、毎日のように囁かれた。

「抱く気などなかったのに……」

「どうして生まれてきた？」

そう言われるたびに、子供ながらに生まれてきたことを後悔したものだった。

俺は一般教養学校（義務教育）を卒業するとすぐに家を出、ワーカーとして働きはじめた。社会に出たら出たで、何もできない俺はクズでしかなかった。行く場所のない俺は何度も死を考え、それでも。

（それがあまりにもあいつらの思い通りの気がして）

躊躇《ためら》われた。

悔しくて。

（それは最後の手段だと）

思った。

「おいでよ」

こちらへ。

手はまだ伸ばされたまま。

（俺は目に見えぬ境界線で）

揺れていた。

　ゆらゆら　ゆらゆら

（既にすべてを諦めた自分）

このまま生きていても、憎しみが増えていくだけ……。


『死ねばいいじゃない』


不意にその言葉を思い出して、『不思議少女』を振り返る。彼女は——

「二人は死んだと言ったら、あなたは逝くの？」

「！　な、んで……」

考えていたことを。

（過去を）

やはり彼女は、知っているんだろうか。

「何もできない自分に、耐えられなくなったら、あなたは逝くの？　どこへ行くの？」

男も、俺の後ろから『不思議少女』を見つめた。

「あなたは楽だわ。あなたという意識は。けれど魂は、救われることがない。あなたが自分から抜け出さないと、どこにも進めない」

彼女は。

（生かそうとしている……？）

『死ねばいいじゃない』

冷たいあの言葉が、嘘だったかのように。

「死ねばいいじゃない」

「そう言ったのは本心よ」

「死ねばいいじゃない」

「本気でそう思ったの」

「死ねばいいじゃない」

「死にたいのなら」

「死ねばいいじゃない」

「でもあなたは、死ぬには早すぎる」

「何もできないわけじゃない。あなたが何もしないだけ」

「特殊な力なんかなくたって、生きていける」

「あなたはこれまで、確かに生きてきたの」

「炎が欲しいなら、熱でおこせばいい」

「水がほしいなら、水脈を探せばいい」

「モノを動かしたいなら、その手で触れればいい。言葉で変えればいい」

「明るい未来が欲しいなら、その手で切り開けばいい」

「言うだけなら、簡単だよ」

俺の後ろから、男が告げた。

「言うだけなら、誰だってできる」

険しい顔をしていた。

『不思議少女』は首を傾げて。

「実践したら難しいの？　やったことのないあなたに何がわかるの」

「君だって！　僕らの気持ちなんかわかりゃしないじゃないか『不思議少女』っ。君はいろんな力を持ってるって聞いてる。そんな君に、何もできない僕らがわかるの⁈」

男はそう叫ぶと、動き出せないでいる俺の腕を掴んだ。

「！　おい……っ」

「綺麗事の羅列なんか、聞きたくなかった。僕はこの人を連れて逝くよ」

薄く笑う。男の目は既に据わっていた。

俺はドラマの成り行きを見守るかのように、何も考えられずにいた。

「死ねばいいじゃない」

呪文のように、『不思議少女』はくり返す。

「死ねばいいじゃない」

「――本気で言ってるの?」

「死ねばいいじゃない」

壊れたテープレコーダーのように。

「死ねば、いいじゃない」

にこりと笑った。

その瞬間。

俺の腕は強く引っ張られ、そのまま――


もう片方の腕を、強く引っ張り返された。はじめに掴まれていた方の手が、はがれる。本当にスローモーションのように、ゆっくりと、ゆっくりと。

男は、落下していった。

――っ

無音の、着地。

「彼は生きてるわ」

腕にすがる感触が、そう呟いた。

「衝撃を中和したから」

微笑む。

「君は……誰を生かしたかった……？」

（誰を殺したかった？）

彼女の行動がわからなかった。

何を望んで、何のために、

「死ねばいいじゃない」

何故あんなことを、言ったのか。

「腹が立ったの」

『不思議少女』はそう告げると、俺の腕を取って宙《そら》から離れた。俺は従う。

「他人の気持ちを完全に理解できないのは当然でしょ？　そしてどんな人にだって、悩みや苦労があるのが当然だわ」

彼女の言葉から、怒りがにじみ出る。

「たとえどんなに権力を持っていても、どんなに大金持ちでも、――どんな能力を持っていても、『不思議少女』だって、死にたいと思うことはあるのよ？」

最後の方は、もう消え入りそうなほど小さかった。

（プライド……？）

だからみんな生きてる。

少しだけ、俺はわかったような気がした。ほんの少しだけ。


屋上から落ちた男は、落下点で泡を吹いていた。もちろん意識はない。余程怖い思いをしたのだろう。もしかしたら、今回のことで自殺願望をなくすかもしれない。そこまで承知で、『不思議少女』は彼を落としたのかもしれない。もっとも、それは俺の希望的推測だけど。


「あなたを、殺してはいけなかったの」

ギルド近くの公園を歩きながら、『不思議少女』はそんなことを言った。

「何故だかわからないけど、あの瞬間にそう思ったわ」

「そう……」

どう答えればいいのかわからず、俺はただ頷く。

(何故だかわからないけど)

ちょっと嬉しかった。

『不思議少女』。

俺はもう少し、頑張ってみようと思う。

(あの時の彼女の言葉は)

あの男に向かっていたのか、俺に向かっていたのかわからないけれど。

間違いではないと思った。

（俺はまだ）

本当は何もしていないから。

「行動のすべてに、理由がつくなんて考えない方がいいわ」

突然、また彼女は告げた。多分彼女の中では繋がっている会話。彼女の言葉はやはり不思議だった。

（『不思議少女』……）

言霊《ことだま》を宿す少女。

「——名前を、教えてくれないか」

『不思議少女』。

それは確かなのだから、他の呼び名が欲しい。そう思った。

彼女は少し笑って。

「　　よ」

「え？」

聞き取れなくて、俺は聞き返した。

彼女は首を横に振ると、信じられない言葉を返す。

「三文字分の空白。それがあたしの名前」

「！」

（そんな馬鹿な話が……）

しかし彼女は、真剣な面持ちで俺を見ていた。

（本当に――？）

「本当よ。みんなあたしをそう呼ぶの。あたしにはそれが空白にしか聞こえないの。何故かしら？」

わけがわからなかった。

けれど俺は、彼女自身自分がわからないと言っていたことを思い出し、きっと名前もわからないのだろうと判断した。

「――でも、それじゃあ呼べない」

「それでいいの。あたしは呼ばれても、振り返ることはできない」

その言葉が淋しくて。

「俺は『声』にしたい。君が危なくなったら、せめて名前を呼びたい。他には何もできないから」

本心だった。

彼女は驚いたような顔を作り、そして。

「だったら、あなたが好きなように呼べばいいわ。あたしはあなたにだけ、そう名乗るようにするから」

微笑んだ。

俺は頷くと、考えはじめる。

(女だから、やっぱ女っぽいのがいいよな……て、あれ?)

そう考えて、ふとあの噂を思い出した。

「君って、女の子……だよな?」

女かどうかもあやしいという噂。信じていたわけではないが、確認は必要だろう。性別は名前を大きく左右する。

散々彼女と呼んできた『不思議少女』は、ニヤリと笑うと答えた。

「あなたがそう思うのなら、多分そうなんじゃない?」

(女だ)

その顔があんまり可愛かったから、俺はそう思うことにした。むしろ勝手に決めた。

「じゃあ女ってことで」

（名前は何にしよう……）

自分から何かをしたことがない。何かを作ることなんて、だから今までなかった。名前を作るセンスは、多分俺にはないだろう。

（ここは優雅に）

花の名前にでもしようか。

作るセンスはなくとも、つけるセンスくらいはあるかもしれない。

俺はそう考えて、あたりを見渡す。

いつの間にか公園の中ほどまで来ていた。

滑り台や小さな砂場で、子供たちが元気に駆け回っている。辺りの花壇には、見頃を迎えた花。そして。

（これは――）

「織葉」

俺はそう名を呼んで、彼女の方を振り向く。

それは樹の名前。花ではないし、花をつけることもない。けれど葉は、常に花のように美しく強い樹。

「オルハ？」

彼女は繰り返し。

やがて、美しく。

涙を流した。

「織、葉……？」

（嫌なのか？）

そんな意味を込めて名を呼ぶと、彼女は涙を流したまま、微笑んだ。

「カンジが違うけど、それが正解よ」

「え？」

「あなたの名前、『クウェン』よね？」

「あ、ああ」

今さらの確認。

俺はわけがわからなくて、生返事をした。

すると彼女は一歩ずつ、俺に近づいてくる。

「あなたを殺さなくて良かった」

一歩ずつ、言葉を発する。

「これは契約よ」

俺には理解できない、不思議。

「会いたかったわ、クウェン」

吐息がかかるほど近く。彼女は、ゆっくりと俺を抱きしめた。

「――フィー……」

「ずっと謝りたかった。あなたが何の力も持たないのは、あたしのせいなの」

その瞬間、俺は不思議な世界に迷い込んだ。

二・ラウディア

自分が不思議な力を持っていることに、今の今までまったく気付かなかった。私は平凡で、何の力もない、惨めな女なんだと思っていた。

(でも――)

これは私がやったこと。

人気《ひとけ》のない薄暗い裏路地。煉瓦造りの壁と。

目の前に転がる、五人の男たち。

私をレイプしようとした人たち。

(私のおなかには)

赤ちゃんがいるのに――!

そう思ったら、私の中で何かが弾けた。不思議な力が体中から溢れ出し、男たちも弾けた。

（何が起こったの……？）

胸がドキドキした。よくわからない現象に。とりあえず助かった自分に。

「逃げなきゃ……」

そう呟き、私は連れ込まれたそこをあとにした。


私のおなかの中には子供がいる。まだ三カ月でまったくおなかが出ていないから、一見そうとわからない。だからこんな目にあったのだけど。

子供の父親は一砂《かずな》。とても格好良くて、私はずっとあこがれていた。性格ははっきり言って酷いもので、彼を嫌わない男はいないほどだった。人の女性をよく横取りした。ありもしないことを言いふらして破局に追い込むなど、彼は趣味にして楽しんでいた。彼自身誰も恨んではいない。ただ人が壊れていくのが、楽しくて仕方がないらしかった。彼はそういう人だった。

（けれど）

面食いの私には関係なかった。

とにかく彼の顔が好きで、仕方がなかった。

どこがどんな風に好きかなんて、聞かれてもはっきりと答えることはできないけど、それはみんなそうだと思う。とにかく好きなんだ。きっと深い理由などない。

こんな風に、私は彼（の顔）を大好きだったけれど、抱かれたいとは思わなかった。何故なら彼には既に、奥さんがいたから。あの性格に難ありの彼がどうやって結婚したのか、それは世界の七不思議の一つに数えてもいいくらい不思議なことだけど（奥さんも同じような趣味を持っているんだろうか？）。

だから私は、彼に抱かれようとは思わなかった。しかし彼にとって、生涯に抱く女の数は自らの勲章、もしくはプライドになるらしく、私はその一人にカウントされた。

抵抗はした。

けれどあの顔からは。

（逃れられなかった……）

たった一度の行為で、私は子供を身ごもった。彼はそのせいで私を抱いたことが奥さんにばれ、しばらくは自宅謹慎を命じられたらしい。どんな妻でも夫の浮気は嫌なものなのだろうか。私は少し意外に思った。

一砂からは当然子供を堕ろすように言われたが、私がそんなことをするはずはなかった。

（あの顔が）

私の子供として、このおなかから生まれるかもしれない。

そう思うと、堕ろすことなんてとてもじゃないけどできない。産めることは、むしろ私の喜びだった。もし私似の子供であっても、しっかり育てようと思う。大きくなるにつれ、一砂に似てくるかもしれない。

私は病院に戻ると、自分の病室に向かった。

この地区では、妊婦はみんな病院で暮らす。妊娠中に何が起こっても、すぐに対処できるように。と同時に、近頃妊婦狩りが流行っているらしく、それを防ぐためでもある。受精卵や胎児は、高く売れるらしいのだ。だから私のように、まだおなかが出ていない人も多い。私のいる病室は、主にそんな人たちが暮らしている。

「ただいまー」

白い壁と白いベッド。まだ新しい香りのする部屋に、挨拶をしながら入っていく。簡易エアロビをやっていた一人が、挨拶を返してくれた。

「あらラウディア、おかえりなさい。どうだった？　墓参りは」

「ええ、やっぱり行ってよかったわ。もっと辛いかと思ったけど、そうでもなかったし。何より妊娠したことを、伝えられたもの」

微笑んで、私は答えた。レイプされかけたことは、あえて言わなかった。

(どうやって逃れたのか)

聞かれても答えられないから。

靴を脱いで、自分のベッドに上がる。

(――そう)

今日は命日だった。母と、そして父の。

だから私は、許可を取って墓参りに行って来た。

(久しぶりに見た両親は)

冷たい石のまま、動かなかった。

私の両親は、同時に死んだわけではない。

はじめに死んだのは、母だった。

私が六歳の頃、原因不明の病に倒れ、そのまま呆気なく逝った。それを、私は父と二人で見届けた。苦しんではいなかった。とても安らかな眠り。だから父と私は、先に逝った母のことを許した。けれど母の両親は、それを許さなかった。

私の父と母は、母の両親の反対を押し切って、駆け落ち同然で結婚した。父の両親は既に他界していたから、反対したのは母方の二人だけだった。

何故反対したのか。

それは父の職業が、実に不安定なものだったからだ。

(あらゆる生物の寿命の研究)

それが父のしていたこと。そしてそれは、何かを発見しそれをさらに誰かに買ってもらわねば、お金にならない仕事だった。

だから反対していた。

けれど押し切られた。

母が亡くなった翌日に私は母の実家に引き取られ、それ以後父に会うことはなかった。会わせてもらえなかった。

(母と同じ日に)

どこかで父が消えた今までも。

墓参りに行くことを、許してもらえなかった。

私の中で、六歳の記憶のままとまっている父と母。久々に見た石とのギャップは、思っていたよりも少なかった。

（覚悟をしていたから？）

それとも、おぼろげな記憶だからだろうか。


——はぁ……。


横になって、私はため息をついた。自分がとても薄情な人間に思えて、少し嫌だった。

（六歳からあと……）

父と母はいなかったけど、別に不幸ではなかった。おばあ様たちは、本当によくしてくれた。先に逝った母の代わりに、私をとても可愛がってくれたから。

それなりに幸せだった。

（もちろん）

両親のことを忘れたことはないけど。

（私にも赤ちゃんができました）

報告できて、本当に良かったと思う。

私も母になる。

同じ立場に、なるのだから。

(――それにしても……)

あの不思議は何だったんだろう?

思い出す。

報告できた満足感でいっぱいだった私を、突然襲った悲劇(ちょっと大袈裟?)。

そして。

(解放された力……)

あんな力が自分にあるなんて、思ってもみなかった。でもあれは確かに、自分でしたことだ。自分の中で何かが起こった自覚が、確かにある。

(不思議……)

不思議な力。

ああいう力を持っている人は、はっきり言って多い。だから珍しいことではないのだ。

問題は、私がそれを使ったということ。

私が何の能力も宿していないのは、自分がいちばん良く知っている。

それなのに……。

（不思議……）

少し怖い。

（――不思議？）

何度も考えるうちに、私はふと思い出す。

体を起こして、ベッド脇のサイドボードの上に置いてある『週刊せい連万歳』を取った。

『週刊せい連万歳』は、主にこの星の政治的ニュースを取り扱う新聞だが、もちろんそれだけではなく、一般的な記事も掲載されている。またその一般欄には世界規模の記事の他に、その地区ごとに違ったニュースが載せられるローカル欄もあるのだ。

『不思議』という言葉は、先週のそのローカル欄で盛んに使われていた。そんな記憶があった。

ローカル欄は、大抵最後のページを一枚めくった所にある。

（あった……）

それは『不思議少女』に関する記事だった。

『不思議少女』。

少し前から噂になっている、一風変わった少女のことだ。後ろで四つに束ねたユニークな髪型と、大胆に脚を出した珍しい服装で注目を集めている。もちろん顔も文句なく愛らしい。載っている写真目当てに『週刊せい連万歳』を買う人もいて、先週の『週刊せい連万歳』は馬鹿売れだったと、今週のローカル欄に載っていたっけ。

(『不思議少女』)

彼女がそう呼ばれる理由は、他にも沢山あるのだろうけど。

(彼女なら)

私の身に起こったこの不思議な現象を、解き明かしてくれるかもしれない。

そう思った。

世間は狭いというけれど、私の世間はそんなに狭くはなかった。

(そのうち会えるかもしれない)

そんな甘い期待を抱いているだけだった私に、もちろんそんな都合のいいことは起こらない。

『不思議少女』。

私は彼女を、捜す決心をした。

それというのも、私の不思議な力が日に日にはっきりとしてきたからだ。ちゃんと感じられるようになった。やったことはないけれど、多分コントロールもできるだろう。そしてそれと関係するのかはわからないが、おなかが目立ってくるにつれ、私は少しずつ疲れやすくなっているのを感じていた。これがもしこの不思議な力のせいなら、何とかしなければ私は出産すらできないかもしれない。

（危機感）

それが私を決心させた。

病院から許可をもらって、私は街に出る。

おなかはもうぽっこりと飛び出していたから、レイプ目当てに襲われることはないだろう。人が多い通りを歩けば、妊婦狩りも防げるだろう。私は安心していた。その思惑通り、私が襲われることはなかったのだけど。

捜しはじめて一週間、見つけた彼女は彼らに襲われていた。

「！」

（助けなきゃ！）

そう思い、私は自分の時と同じように、飛び出して強い力を発した。

一瞬。

コントロールは、もはや完璧だった。

『不思議少女』を中心に、円を描くように散らばっている少年たち。意識のある者などいない。

『不思議少女』はしばらく呆然と立ち尽くしていたが、やがて。

「ありがとう」

微笑んだ。その顔が、とても魅力的だった。

私はすぐに、『不思議少女』を連れて病院に向かった。残念ながら他に行く所がない。家になんて帰ったら、すぐに病室に戻され、もう出してもらえないだろう。おばあ様たちは優しいけれど、それ以上に過保護なのだ。今こんな風に出歩いていることを知ったら、やはりかなり怒られるだろうと思う。

（でも……）

私にとっては、この不思議とおなかの子供の方が大事だった。

病院につくと、私は看護婦さんに頼んで鍵のかかる部屋を一室借りた。妊婦は病院で暮らさなければならないとはいっても、プライバシーをとても尊重してくれる。だからこんな風に、部屋を借りることも簡単にできたし、借りる生物も少なくはなかった。

「入って」

私は『不思議少女』を促して、個室に入れる。狭い部屋。行ったことはないけど、警護班の取調室も、きっとこんな感じなんだろう。

中央には小さめのテーブル。見回して。

——ガチャリ

鍵をかけた。

これでこれから起こる不思議な会話を、誰にも聞かれずにすむ。

「話ってなあに？」

見る限り私の方が年上なんだろうけど、彼女は自然にそんな風に問った。おそらく誰にでもそうなのだ。

私は彼女に椅子をすすめ、自分もテーブルを挟んだ向かいに腰掛けた。

息を吸う。

「さっきの私の力、見たわよね？」

彼女は深く頷く。

「あれって、何だと思う？」

私の問いに、彼女は首を傾げた。そして何でもないように告げる。

「不思議」

「え？」

聞き返した私に、微笑んだ。

「『不思議少女』の、不思議」

「――え……？」

意味がわからなかった。

「わからないの？」

彼女は私に考える暇を与えず。

「あなたも、『不思議少女』」

そんなことを言った。

（私も……不思議少女？）

そんな馬鹿な。だって『不思議少女』は彼女の呼び名なのだ。

（私もなんて）

あり得ない。

それに。

「少女なんて歳じゃないわ、私」

少女と呼ぶには、歳が行き過ぎてる。私はもう二十歳を越えているのだ。

――クス　クス

そんな私に、彼女は声を立てて笑った。

「歳なんて関係ないわ。だって『不思議少女』は種族名だもの」

「種族…名？」

「そう。今までは、あたし一人だったの。はじめて会えたわ、あたし以外の『不思議少女』に」

彼女はそう告げると、椅子から立ち上がって私の方に来た。

「嬉しいっ。ずっと会いたいって、思ってたの！」

そして抱きついた。

（『不思議、少女』……）

何だかよくわからないが、喜ばれていることが単純に嬉しかった。私も彼女を抱きしめる。

「――ねぇ、『オルハ』って、言ってみて」

腕の中で、彼女は言った。

「『オルハ』？」

深く考えずに聞き返した私を、彼女は顔を上げて見つめる。

「凄い！　ちゃんと聞こえるわ」

「？　……もしかして、あなたの名前？」

彼女は頷いて、やっと私を放した。

「そう呼んで。『不思議少女』同士が『不思議少女』なんて呼び合ってたら変だもの」

私も名乗る。

「私はラウディア。ラウでいいわ。――まだ信じられないんだけど、私も本当に『不思議少女』なの……？」

「ええ！　間違いないわ」

私の確認に、彼女はやはり笑顔で返したのだった。


この日を境に、私とオルハは急速に仲良くなった。オルハはほぼ毎日私のもとを訪れてくれ、退屈だった病院での暮らしが、それほど苦痛じゃなくなった。病室を訪れるオルハと、沢山の話をした。

「あたしは流れのワーカーなの」

「流れ？　ってことは、ギルドには所属していないのね。仕事は大丈夫なの？」

私が心配顔で尋ねると、オルハは笑って答えた。

「ラウが心配することじゃないわよ。ちゃんと仕事はあるし、こなしてるから大丈夫っ」

小さく、ガッツポーズを作る。

オルハは私には何でも話したけれど、その後の『週刊せい連万歳』を読む限りでは、彼女は世間には何も公表していないようだった。

(名前も)

職業も出身星も種族も性格でさえ。

けれどその理由を、私は薄々気付いていた。

「――『平和塔』に、いなくてもいいの?」

告げる私の顔を、オルハはまじまじと見返す。

「気付いてたんだ」

「まぁね」

『平和塔』。それは『全生物種星間連盟』――略して『せい連』を組織する、各種族の代表が共同生活をしている場所だ。その『塔』自体が、せい連の管理下にある。

私も『不思議少女』なのだとオルハが言った時、彼女は『不思議少女』が種族名であることを明かし、そして今までは自分だけだったと告げた。つまり、今現在私がここにいる限り、彼女が『不思議少女』の代表ということになる。

「全然平気よ。実際はね、みんな結構出歩いてるの。ただ、種族が違えば代表の顔はわからないから、全然バレない。もしかしてそういう息抜きのために、そうしたのかもしれないけど」

苦笑しながら、オルハは告げた。

（私は少しだけ）

罪悪感を覚えた。

自分が『不思議少女』だと完璧に信じたわけではない。けれど、オルハを疑っているわけでもない。

（オルハはずっと一人で）

他の種族たちと暮らしてきたんだろう。

私自身は気付かなかったし、今も他の人間と違うとは思っていない。けれどオルハは。

（みんなと違うことを知っていて）

やはりたった一人だったのだ。

「平気だって。種族はあたしだけだったけど、独りじゃ、なかったもの」

私が余程酷い顔をしていたのか、オルハはもう一度告げた。

「あたしを見守ってくれた人がいたの。もうこの世には、いないけど」

淋しそうな表情が、とても印象的だった。オルハは笑うだけで、そんな顔はめったにしないから。

私はつい、オルハを引き寄せる。

「ラウ?」

(――ごめんね……)

何に詫びているのか、自分でもわからない。

けれどしばらく、そうしていた。


オルハと過ごす日々は楽しかったけれど、私が案じた現象は。

(確かに)

私の身に起こっていた。

「ずいぶん大きくなったねぇ~」

誰からもそう言われるほど、大きくなったおなかと。

(明らかに消耗している自分)

これが決して妊娠のせいだけではないことが、周りの妊婦を見ればわかった。同じ病室のみんなはほぼ同じ頃妊娠していて、お互い少しずつ大きくなっていくおなかを比べたものだった。

おなかの大きさにさほど差はない。けれど私だけ、明らかに違う。

最初私はそのことも聞きたくてオルハを捜していたのだが、一度聞きそびれると後は聞く機会がなく、ここまで来てしまった。

(これは私が『不思議少女』であるせい？)

なんて。

何だか怖くて聞けなかった。

だいいちもしそうなら、オルハが子供を産む時も同じ運命をたどるということだ。

(こんな辛い思いを)

彼女にはさせたくない。

——辛い……？

辛いのだろうか。

言葉にするほど、辛くない気もする。

むしろ私は。

(怖い――?)

そう、怖い。

無事に子供が産めるのか。一砂似の子供が。

そして産んだ後、自分はどうなってしまうのか。

(わからないから)

自分が何者であるのかですら。

本当に『不思議少女』であるのかですら。

(――あれ……?)

もし私が『不思議少女』だとして、どうしてそうなんだろう? 少なくとも私の両親は普通だった。何の能力も持たない人間だった。それなのにどうして私は『不思議少女』?

それとも『不思議少女』は、遺伝ではないのだろうか?

(そうだ)

もしも遺伝だったら、私の子供は一砂顔である上に『不思議少女』なのだ。そんなことになったら……

(なんて素敵なんだろう)

私は夢に描いた。

これはオルハに聞いてみなければならない。私の楽しみが、また一つ増えた。

★

時間《とき》を重ねるごとに、私は感じていた。

(この子供に)

おなかの中の新しい命に。

私の命が

(吸われていく)

私が出した結論が、それだった。

結局オルハにはまだ言っていないけれど、わかってしまった。

不思議な力が段々明確になってきたように、命を吸われる感覚が、段々と明確になってゆく。

（怖い）

はじめはそう思った。

この子が生まれる時に、果たして自分は生きていられるのか。

でも時間をかけて考えた今は。

（本望と思う）

私は一秒を。あの顔を、命と引き換えに産むのだ。何だか素敵なことではないか。


「ねぇ、オルハ。『不思議少女』って種族なのに、子供は『不思議少女』にならないの？」

期待に目を輝かせて、私はオルハに問った。

オルハは不思議そうな顔をして。

「『不思議少女』は突然変異よ？　あたしの両親は何の力もない人間だったもの。ラウだってそうじゃない。だから子供は『不思議少女』にならないと思うわ」

（あら……）

どうして私の両親のことなんて知ってるのかしら？

そう思ったけれど、たった二人の『不思議少女』ならそれくらい調べるだろうと、私は追究しなかった。それ以上に、やはり子供が『不思議少女』になれないことが哀しかった。

「そんなに残念そうな顔しないでよ、ラウ」

苦笑して、オルハは私を慰めてくれる。

「きっとラウ似の可愛い子供が産まれるわよ？」

「私よりね、一砂に似て欲しいの！」

意気込んで言った私に、やはりオルハは不思議そうな顔をつくった。

「どうして？」

「だって！　顔が好みなんだもの♡」

そう告げながら、サイドボードの引出しから一砂の写真を出す。オルハに手渡すと、彼女は一瞬大きく目を見開いた。

「……オルハ？」

（どうしたんだろ……？）

じっと見つめていると、オルハは。

「ごめん、何でもない」

そう告げながらも、頬に一筋の涙が落ちる。

「オルハ……」

彼女は必死に涙を堪えているようだったが、それは流れることをやめなかった。

「ごめんなさい、ラウ」

「何謝ってるのよ……」

ハンカチで涙を拭いてあげながら、私はオルハに問った。

「――知ってるの？　一砂のこと」

（一砂ったら『不思議少女』にも手を出してたのかしら……？）

オルハは激しく首を振ると、やっと落ち着いて答えた。

「そうじゃないの。あたしを育ててくれた人に、似てたから。この人がラウの相手なのね」

「そうよ。私はこの顔を産みたいの」

大真面目な顔でそう告げる私を、笑うわけでもなくオルハも、大真面目に告げた。

「あたし応援してるわっ。頑張って！」

そして二人して、笑いあった。


「ちょっと、外歩かない？」

オルハの提案で、私たちは病院の庭を散歩することにした。

庭は、オルハと同じ名前の花のようにキレイな樹の葉で、いっぱいだった。それが風に揺れると、オルハが笑うように可愛かった。

（オルハ……）

歩きながら、そっとオルハを見る。

言い出せない自分に、少し苛立ちを感じた。

しばらくくだらない世間話や隣の病室の噂話で盛り上がり。その足が小さな池の前でとまった頃に、オルハが真面目な顔で切り出した。

「——ねぇ、ラウ。先輩のあなたに、相談したいことがあるの」

いつにない雰囲気に、私は戸惑う。

「な、何？　どうしたのよ。オルハ」

オルハはしばらく池の鯉を見ていたが、やがて決心したように顔をあげた。

「あたし、竜にプロポーズされたの」

「え……」

（ええ⁉）

「プロポーズ⁉」

驚く私と対照的に、オルハは淡々と告げた。

「仕事で知り合った、他の地区のワーカーなんだけど、指輪を渡されて……」

「ちょっと待って！　竜にもワーカーっているの⁉　なんかこう崇高なイメージがあるんだけど……」

地上で最も長生きといわれる竜。永い竜では、この星ができるきっかけとなった疑似ブラックホール暴走期から生き続けているという。

「ええ。そのイメージは八割方合ってると思う。だから、竜の依頼専門の、竜のワーカーなの」

オルハは言う。

「あ、なるほど」

私は妙に納得した。

「それで……プロポーズされて相談ってことは、迷ってるの？」

直球で、私は問う。いいアドバイスができるかどうかはわからないが、悩んでいるなら
なるべく早く聞いてあげたいと思った。

オルハは首で否定すると、やや下を向いた。

「迷ってるんじゃない。困ってるの。……あたし、自分の気持ちがわからなくて」

「オルハ……」

（わからないのは）

もしかして本能が、とめているからかもしれない。身の危険を感じて。

（言った方がいい……？）

私は少し迷う。

自分に近づく死の足音。生まれる者の鼓動。

オルハは感じたいかもしれない。

そうじゃないかもしれない。

でもいずれは、ぶつかる問題だから。

(言ってしまおう)

私はやっと、決心する。

「オルハ?」

声をかけると、オルハは素直にこちらを向いた。

「悩む前に、あなたに聞いて欲しいことがあるの」

オルハは首を傾ける。見慣れた、「何?」の仕草。私は微笑むと、オルハを傍のベンチに促した。

「オルハ。私が『不思議少女』なら、私は自分の身をもってわかったことがある」

真っ直ぐに、前を見ていた。オルハの顔を見る余裕は、私にはない。

「『不思議少女』は……子供を産めば死ぬわ」

「!」

隣でオルハが、息を呑んだのがわかった。

「本当よ、オルハ。現に私は感じている。この子に、命を吸い取られているの」

「ど…して…」

もっと早く言ってくれなかったの？

多分そう言いたいのだろう。言葉は最後まで続かなかった。私は苦笑して続ける。

「最初は。少しずつ出てくるおなかと引き換えに、無くなっていく体力が怖くて、不思議な力のこともあって、あなたを捜していたの。けれど実際あなたに会ったら、言えなくなった」

オルハが、すすり泣くのが聞こえる。

私はやっと、オルハの方を見ることができた。オルハが私にすがりつく。涙がとても、暖かかった。

「出産日が決まったの」

オルハの顔が上がる。目を赤くしたまま。

私はめいっぱいの笑顔で告げた。

「一週間後よ」

一週間。

それはつまり、私の余命でもあった。

（子供の命と引き換えに）

死ぬことを。

もはや私は信じて疑わない。たとえ死ねなくても、私は死を選ぶだろう。

この子の誕生には、それほどの意味があるのだ。

私は既に、狂っているのかもしれない。

けれどそう考えることができるのは、狂っていない証拠だと誰かが言っていた。ならばまだ、大丈夫なのだろうか。

（一週間）

そんな短い自分の命より、我が子のことを考えようと思う。私が死んでしまった後に、この子はどんな運命をたどるのか。

（おそらく）

一砂は引き取ってくれるだろう。――否、彼に選択肢などなく、引き取るしかない。おばあ様たちが、必ず了承させるだろう。妻がありながら私に手を出した彼に、それは当然の義務だと言うに違いないのだ。私の妊娠がわかった時も、おばあ様たちはそう言って彼に詰め寄った。その時は何とか追い返した彼も。今度こそは従うだろう。私の死という、これ以上ない切り札があるのだから。

（――でも）

問題は、一緒に住むのが彼だけではないということだ。彼と、そして彼の妻と。

そんな環境で、この子が幸せに育つはずなどない。むしろ苦労ばかり、するのだろう。

（この子を愛する私はいない）

いるのは、疎ましくさえ思う実父と、ありふれた継母《ままはは》。

（しかも）

おそらくこの子は、何の力も持たない子なのだ。

オルハの話によると、他の種族は大体力をそのまま引き継ぐらしいが、『不思議少女』は突然変異なのだという。そして『不思議少女』は、何の力も持たない両親の中でしか変異しないとも言っていた。つまり逆に考えると、『不思議少女』から他の種族が生まれることはないのだ。元々何の力も持たない人間から、できているのだから。

（それなら……）

この子は一体、どんな人生を歩むのだろう。

最低な両親。社会に出ても役立てない、何の能力もない自分。

少し、心配になった。

（――自殺を、考えたりするのかもしれない）

私が自らの命をかけて産もうとしている命。そんなことは、して欲しくないけれど……。

想いは本人にしかわからない。

もしそうなっても、既にいない私に何ができよう。

（心配しすぎだろうか？）

でも一度考え出したら、思考はとまってくれなかった。私はただただ不安になり、眠れない夜を過ごしたのだった。


「ごめんなさい」

出産日当日。そろそろ私の番だと準備をはじめた私のもとに、オルハはやってきた。

「ごめんなさい。あなたの子供が何の力も持てないのは、あたしのせいなの」

何を言われているのかわからない。私の頭の中は、我が子の行く末でいっぱいだった。

私は微笑む。

「一秒の代わりに、分娩室に一緒に入ってくれない？　どうしても、最期に言いたいことがあるの」

オルハはまた、涙を流す。それでも微笑んで、頷いた。

「ラウディアさん、空きましたよ。入って下さい」

看護婦さんが告げに来た。いよいよ、私の戦いがはじまる。


汗だけが、ただダラダラと流れた。

——ヒュウゥー……


命を吸われる音が、既に耳元で聞こえる。

(たくましい、我が子)

オルハが、彼女の方が辛そうな目をして、私を眺めていた。

(そろそろ)

私は遺言をはじめる。

「オルハ」

オルハは少し、首を傾げた。私は少し笑って。

「オルハ。この子は死のうとするわ。私が死んだら、一砂は多分この子を引き取る。けれどどこの子は、幸せになることはできない。社会に出ても苦しむだけ。私にはわかる」

「そんなことないわ!」

必死な顔で、オルハは言った。その気持ちが、私には嬉しかった。

「それでもいいの。この子が可哀相でも、私は産みたい」

もうすぐ、現れる我が子。

私は真顔で、オルハを見つめた。

「お願い、この子を死なせないで」

それ以外の顔では、オルハが困ると思ったから。

「これは仕事よ。私の死体は高く売れるでしょう?」

(『不思議少女』の死体)

これ以上ない、高額な値がつくだろう。

それを報酬に、オルハにはじめての仕事を頼む。私が安心して逝くためには、これしか方法が思いつかなかった。

私はそっと、オルハの手を握った。

「だからお願い。この子を殺さないで」

「………………」

夕日が私の視界に影をつくり、オルハの表情を隠す。

(どんな表情《かお》をしているの?)

わからなかったけど、オルハは返事の代わりに手を握り返してくれた。

「——ありがとう」

安堵で微笑む私に。

「条件があるの」

そう切り出す。

「今の約束も、あたしの記憶も、あなたの中に入れて?」

「え…？」
問い返す力もない私を、オルハは抱きしめた。

「あたしはやっぱり狭い」
「全部忘れるの」
「そしてあたしは、ちゃんと自分で見つけるわ」
「『不思議』じゃなくて、この手で」
「だから」

「あなたの中に、入れて？」

——あたしを中和して……？

その瞬間、『オルハ』の記憶は私の中に流れ込み……私はすべてを知った。

(オルハ……)

だから——あなたは……。

そして、それを知ってから死ねる自分が、とても幸せな存在に思えた。

「オルハ……?」

意識のないオルハに、私は最期の呟き。

「この子の名前を、教えておくわ」

(いつかあなたが、呼べるように)

わかるように。

オルハの頭をなでる。

「——『クウェン』…よ……」

私は。

「いい名前でしょう……?」

この子を産めて幸せ。

(この子の未来は)

あなたに託すわ、『織羽』——。

三・フィー

「ねぇ、パパ。大好きよ」

お決まりのセリフにも、大きな愛を感じた。

「あなた…愛してるわ」

たまに聞けるセリフは、何度聞いても私の胸を熱くした。

「パパぁ。パパがあたしのパパで良かったわ！」

「あなたが私を選んでくれたから、今の私がいるの。あなたに出会えて良かった……」


私は幸せだった。

愛する妻と、一人娘と。

他に望むモノなど、何一つなかったのに。

(どうして運命は)

こんなにも卑劣なのだろうか。

私がどんなに頑張ったところで、何も変わりはしない。ただゆっくり、ゆっくりと、狂いはじめてゆくのだ。

誰も責めることはできない。だからこそ余計辛い。

(こんな思いをするのは、私だけではない)

そう思っても。

辛いと思う心は、決してとめられないのだ。


——この病気は、治りません。


薄暗い寝室で。

放棄するように告げた医者を、私は殴りたいと思った。しかし娘がいたから、何とか我慢できた。

(不治の、病……?)

信じられないフレーズ。

布団の中でそれを聞いた妻は、ただにこりと笑っただけだった。

本当はすぐにでも泣き出したいのだろう。誰かにすがりつきたいのだろう。しかし気丈な妻は、それをしなかった。

(――否)

できなかったのかもしれない。

私は妻を抱きしめ、そして娘を抱きしめた。

「母たちには、言わないでね」

呟くように、妻は告げた。

「……いいのか?」

確認する私に、妻は頷く。

「こんなことがわかったら、私はあなたの傍にいられなくなる。それほど辛いことは、私にはないのよ?」

その言葉があまりに嬉しくて、不覚にも私は涙を流した。娘が、そんな私の涙を拭う。

妻の両親は、私が妻と結婚するのを反対していた。それは私の仕事が、あまりに不安定だったから。

（生物の寿命という）

目に見えぬものの研究。

それを生活費とするには、まずその研究で何かを発見しなければならなかった。そしてその何かを、どこかに売らなければならない。

（何か）

そして
（どこか）

そんな曖昧な言葉でしか説明のつかない職業を、妻の両親に理解できるはずはなかった。彼らは手に職を持っていたのだ。

妻の父親は、剣士たちが使うソードの柄の細工を彫る仕事をしていた。それはとても技術と経験がいり、誰にでもできる仕事ではなかった。それにソードという物が出回っている限り、永遠必要とされる安定した職業だ。そして母親は、超能力者の使用する制御装置を作ることを仕事としていた。それはこの時代ではそれ以上ない安定した仕事と言われるほど、収入が一定で高額だったのだ。

そんな二人だからこそ、研究者という不安定な肩書きの私に、娘を託すことをあれほど嫌がっていたのだろう。

私も、実は諦めかけていた。幸せにする自信が、まだなかったから。


——逃げよう……？


迷う私に、そう言ってくれた妻を思い出す。

（複雑な表情《かお》をしていた）

自分を可愛がり幸せに育ててくれた両親を、置いてゆく自分に。

おそらくあれは、辛い笑顔だったのだ。

（それでも）

私を選ぶと言ってくれた妻。

妻のその言葉で、私はなんとしても妻と結婚しようと決めた。

私たちはまずこれまでいた地区を離れた。その地区内にいたのでは、私たちに自由などない。そう思ったから、違う地区に移った。

（どのみち――）

ばれるだろうとは思っていたが、あの場所にいたままでは、私も妻も辛かったから。移った地区で籍を入れ、二人だけで暮らしはじめた。とても幸せだった。暮らしはじめて一年後に妻の妊娠がわかり、十月十日《とつきとおか》で無事出産した。妻の両親に私たちの居所がばれたのはその頃だったが、私たちが幸せそうにしているのを見て、口を挟むことはなかった（もっとも、諦めたわけでもなさそうだったが）。

幸せだった。

妻と、娘と、三人で。

本当に幸せだったのだ。

娘はもう六歳になった。

身体を動かすことが楽しくてしょうがない年頃。「いっぱい遊ぼうね」と、言っていた矢先だった。

倒れた妻に、容赦ない医者の言葉。

――この病気は、治りません。

治せないのではなく、治らないのだと言った。

（つまり）

この医者だからではなく、誰にも治すことはできない。後には死、あるのみ――。


『母たちには、言わないでね』


そう告げる妻の、心がとても痛い。

病気になったなどと告げたら、すぐに妻の両親は飛んできて、妻を連れて行くに違いない。

それは嫌だと、妻は言ってくれた。

「――愛して、いるよ」

感謝の言葉を呟く。

「愛してるーっ」

腕の中の娘も、真似をして告げた。

妻はまた、ゆっくりと微笑む。
その安らかな顔で。苦しむこともなく。
そのまま。
呆気なく、妻は旅立った。
もう二度と、還ることのない旅に。

——愛しているよ

涙がとまらなかった。

黒い波が、押し寄せる。
(寿命とは無関係な)
理不尽な死。
しかしこの時代には、寿命で死ぬ生物の方がはるかに少なかった。そしてそれならば何故、寿命というものが存在するのか。

（寿命には一体何の意味があるのか）

私はそれを知りたかった。

さらにもう一つ。

（何故）

生物ごとに寿命が違うのか。

例えば竜は、この星がこうなる以前から生きているという。それはつまり、竜は以前の世界を私たち未来人に伝えるために長生きなのではないか？　と考えることもできる。もっとも、それは極論であるのだが。

とにかく寿命には、何か深い意味があるのだと私は考えている。

（でなければ……）

唇をかんだ。

「でなければ、他の死はとても無駄だ」

黒い波の中で、呟いてみる。

「――フィーさん」

鋭く呼ぶ声に顔を向けると、しばらく見なかった、しかし忘れることはできない顔があった。

「娘は連れて行きます」

妻の母親はそう告げた。

(娘?)

娘といえば妻だ。しかし妻はもう死んでいる。それをどうやって連れて行くというのだ。

私が反応できないでいると、妻の父親が、私の娘を連れてやってきた。

「パパぁ」

私の方に走り寄ろうとする娘の腕を、妻の母親は掴む。

「?!」

「連れて行きます。いいですね?」

「そんな……っ」

妻はもういない。それなのに娘まで奪われては、私は——!

「っ……」

「あなたに引きとめる権利はありませんよ、フィーさん。あなたは私たちの大事な娘を、殺したのだから」

私に言葉を発することを許さず、妻の母親はきっぱりと告げた。

(私のせい……?!)

そうではないと言い切るつもりはない。けれど、そう断言されるのは心外だった。

(私は愛した)

心から、妻を愛し愛し抜いた。

娘まで奪われるいわれはない。

「娘を、返して下さい」

私は真っ直ぐに、妻の母親の目を見つめて告げた。見つめ返されても、怯まぬように。

しかし。

「君に預けておくことはできない」

後ろに立っていた妻の父親が、そう終えた。

(――それ以降)

私は娘に会うことはなかった。

結局、最後まで義母《はは》とも義父《ちち》とも呼ぶことはできないのだ。彼らは妻の母であり父で、私の両親ではなかった。そうなることを、私は許してもらえなかった。娘も失い、私は独り。

幸せだった日々が、もう遠い夢のように、手の届かないものになった。

私の胸に残ったのは、ただ針の先ほどの憎しみと、埋めようのない失望感だけ。

（からっぽ）

私を表すには、その言葉一つで十分だった。

人の温もりを失った私は。

（私に）

残された道はたった一つ。

とてもありきたりな方向。敷かれたレールの上を、あたかも歩いているように。

（私は）

ただひたすらに、仕事に打ち込んだ。

仕事は温もりをくれない。けれど、頭から温もりを追い出すことはできた。

来る日も来る日も生物の寿命を測定し、その長短で生物をいくつかに分類することを試みたりした。研究対象は数知れず、人間はもちろんあらゆる種族、昆虫、微生物、果ては未確認生物にまで手を伸ばした。その手を決してゆるめず、私はきっと何かを求めていた。

（この研究で金を稼いで）

妻の両親を見返してやりたいとか。

せいぜい贅沢にやろうとか。

そんな単純な想いではなかった。

（求めていた……？）

いや。

むしろ逃げていたのだろう。

逃げ道を探していた。家族がなくとも、幸せと感じるための上《のぼ》り坂。

高ければ高いほど私は燃えて、すべてを忘れることができた。それが自由なのだと思っていた。

けれど。


「自分の想いから逃げることが、どうして自由なの？」

一人の少女が、私を悟りへと導いた。

「本当に自由になりたいなら、想いを我慢しなければいいのに」

真顔で告げる少女は、まだ余りにも幼く。

「自由に、哀しめばいいわ」

私の涙を誘った。

「哀しみと辛さは、必ずしもイコールではないのよ?」

「――君、は……」

途切れ途切れの私の言葉を、すべて聞く前に少女は答える。

「あなたの、新しい研究対象」

口だけが笑う。

それは捨てられた少女だった。

★

その少女に出会ったのは、私が妻を亡くし娘を失くしてから、五年目のある日だった。

生まれた当初は、確かに名を与えられていたはずだと告げる少女に、しかし今現在の名前はなかった。それでは不便だったから、私は少女に名を与えることにする。

「織羽《オルハ》」

自由への羽を織る……そんな意味で付けた名前だ。

(いつか空へ帰れるように?)

そして娘が好きだった樹を、もじった名前でもあった。

「織羽」

もう一度名前を呼ぶ。まだ慣れないのか、織羽はやっとこちらを向いた。「何?」とでも言うように、首を右に傾け。

私は織羽に、提案する。

「織羽。良かったらこの家に住まないか?」

一人で住むには広すぎる家に、私は誰かにいて欲しかった。

(誰かに——?)

そうではない。おそらく限定されている。

織羽に、だ。

今まで仕事に没頭してきた私は、その対象を家に入れようなどとは思わなかった。けれど織羽は、織羽に関しては。

「家にいて欲しいんだ」

そう思った。

理由など明白すぎて話にならない。織羽は当然その理由に気付いたようだった。幼い顔に似合わない、薄い笑みを浮かべる。

「あたしを、代わりにするの？」

（奪われた娘の代わりに）

その通りだったから、私は素直に頷いた。

織羽は娘と同じ年頃だった。娘が順調に成長していたら、織羽のようになっているはずなのだ。

急に人肌が、一人ではない家が恋しくなったのは、そのせいだった。これまでの研究対象にこの年頃の少女は含まれていなかったから、私はあれほど仕事に熱中できたのだ。

（自分の気持ちが）

想いが。

こんなに脆いものであることを、私は改めて知った。

私の頷きに対して、織羽は再び問う。

「じゃああたしは、あなたを父親代わりにしていい？　フィー。あたしの父親にしては、大分若過ぎるけど」

私は笑いながら、もう一度ゆっくりと頷いた。


織羽の両親は、もう百歳をゆうに超えているという。はじめてそれを聞いた時、私はこの上なく驚き、同時に、織羽が研究対象に選ばれたわけを理解した。

織羽の外見は、少なくとも十二〜十四歳程度にしか見えない。つまり織羽は、外見上歳をとっていないのだ。

「あたしのお母さんがね、あたしに向かってこう言うのよ」

織羽がそう、切り出したことがあった。

「『お前はどうして、まだ赤ん坊なんだい?!　気味が悪い！　どっか行っちまいな』って、あたしを二階の窓から投げたの」

「！　……覚えて、いるのかい……？」

俯いていた顔を、織羽は両手で覆った。——笑っているようだ。やがて顔をあげる。

「当然よ。見かけは赤ん坊でも、もう十歳にはなっていたわ」

（十歳の、赤ん坊……？）

不思議な表現だった。

織羽の話によると、織羽が見かけ上今の年齢になったのは、もう二十年も前のことだと言う。それまではペースは遅いものの確実に成長していったのだが、見かけ上この年頃になってからは、一切成長していないらしい。

その話を聞いて、私は織羽にこれまで以上に興味を抱き、織羽の寿命を必ずや測定してみせようと心に誓った。

（それに）

織羽は、これまで沢山の研究者にたらい回しにされてきた。誰も、織羽が一体何なのか、織羽の寿命を知ることができなかったのだ。織羽の寿命を明かすことは、研究者としての成功を意味していた。

私は俄然やる気になった。

「織羽。今までに薬を投与されたことはあるかい？」

これまでも様々な研究対象を座らせてきた大きな椅子に、深く、織羽が腰掛けている。

「ないわ。どんな薬があたしの寿命を縮めてしまうかわからないから、それは禁止されてるの」

「誰に？」とは問わなくてもわかった。捨てられた織羽を保護した団体だろう。私はそれが一体どんな団体なのか知らされていないが（頼まれたのではなく、回された仕事だからだ）、そこの人々が織羽のことを知りたがって、様々な研究者に調べさせているのだろう。私もその中の一人にすぎない。

（けれど）

たった一人に、なってみたいと思う。

私はさらに、織羽に質問する。

「じゃあ、薬物を投与されたことは？」

織羽はとても賢かった。私が言わんとすることを、すぐに理解する。実際織羽の方が永く生きているのだから当然かもしれないが、外見の分やはりギャップがあるのだ。

「――研究者さんは気付いていないようだったけど、あるわ」

織羽はあっさりと答える。でもその内容は、決してあっさりしていいものではなかった。

(気付いていなかったということは……)

他の何かに、混入されていたということなのだろう。それをどうやって織羽が知りえたのかは謎だが、私の研究においては問題じゃない。

「……それで、大丈夫だったのかい？」

私は普通に問った。織羽も普通に答える。

「ええ。何故だかわからないけど、効かなかったの。依存症にもならなかったわ」

その答えが、私を深みへと導いていった。


あらゆる手段を使って、私は織羽の寿命を測定した。研究対象により測定手段が異なり、それぞれの方法には長所と短所がある。そのすべてを、織羽に試したのだ。

(何故なら)

一つ目の結果が信じられなかったから。
(何故なら)
二つ目の結果が信じられなかったから。
(何故なら)
三つ目の結果が信じられなかったから。
(何故なら)
四つ目の結果が信じられなかったから。
(何故なら)
何故なら――
私は呆然とした。
すべての結果が、まったく同じ答えを指し示していたのだ。
(織羽には)
寿命がない!
それが答えだったのだ。
「――どうりで……」

私は誰もいない研究室で、一人呟く。

(どうりで)

誰も答えを出せないはずだ。

寿命がないということは、測定に答えなどでないからだ。要は、それは寿命が存在しないせいだと気付くか否か。

(さらに言えば)

信じられるか否か、なのだ。

「織羽……」

織羽の話を聞いた時、反射的に考えたことはあった。織羽があの見かけのまま永遠生きていくのなら、やはりその命も永遠なのではないかと。

しかしそれを否定したのは、やはり余りにも非現実的で、あり得ないと思ったから。

(しかし――)

こんな風に結果を目の前にして、私はもはや否定できなくなった。むしろ信じようという思いが、胸の中にあった。

「だってもう既に」

（この上ない不思議が）

目の前に存在しているのに。

織羽は成長しないのだ。

それを信じられて、どうして永遠の寿命が信じられない？

（それこそ矛盾だ）

私はそう思った。

そしてもう一つ。

織羽には何か、不思議な力があるようだった。測定のたびに、その不思議な何かに他愛ない邪魔をされていたのだ。

「あれは――何なんだ……？」

「ふっ」と、時々こちらの力を無力化する。目には見えないが、その力の存在をはっきりと、私は感じていた。

（そういえば……）

織羽は薬物を投与されたが、効き目はなかったと言っていた。それはつまり。

（つまり……？）

「つまり――そういうこと、なのか……？」

辿り着いた答えに、私は一人自問した。


織羽がこの家にやってきてから、時間が経つのが妙に早く感じた。

一人でいた時は、この家に帰るたび孤独になり、することもなく、ぼんやりと過ごしていた。ゆっくりと過ぎ去る時間をうまくやり過ごすことができず、ストレスを感じる毎日だった。

（――おかしなものだ）

家にいる時の方がストレスを感じるなんて。家は安らぐべき場所なのに。私はそれを上手にできなかった。

しかし織羽が家に住むようになってからは、織羽がそれを手伝ってくれた。『自由に哀しめばいい』と、教えてくれた織羽が。

私が涙を流した時は、何も言わず傍にいてくれた。妻のことを想い、娘の代わりに織羽を抱きしめた。織羽は、知らない父の優しい温もりを私に求め、私を抱きしめ返した。

私は。

(織羽の寿命は永遠)

それをまだ、織羽に話せずにいた。

話さなくても、いいのだと思った。

もしも自分が永遠に生きることを考えたら、それを宣告された時、多分とても辛いのだと思う。人が自由に振舞えるのは、大人になるにつれ自由なのは、寿命が近づいているからではないかと、私は考える。

(遠くない未来に死ねることを)

人は知っているから。

だから何でもできるのだと。

生きられるのだと。

(織羽に出会って)

永遠の寿命を目の当たりにして。

私はその答えに辿り着いた。

(それが寿命の意味だ)

もしも寿命の永い竜ならば、大人になるためにそれ相応の時間を費やすはずだ。そうやって生物は、何かを保っているのだ。だから寿命は必要。簡単に言えば、人生のラストスパートをかける目安なのだ。

(ただし)

その前に死んでしまう生物の方が、はるかに多い。

(けれど)

寿命があるのとないのでは、人生の運び方がやはり全然違う。

そして生物によって寿命が違うのは、瞬間的絶滅を避けるためなのだろう。

もしすべての生物が寿命に忠実でみんな同じ長さをもっていたら……はじまりが同じならば、世界は瞬間的に『無』になってしまう。そうなってはどうすることもできない。

(だから)

これまでも違い、これからも違うのだ。

(――織羽……)

答えに辿り着いた今。

永遠に途中を歩む織羽を、せめて大切にしようと思う。

（娘の代わりに）
ではなくて。
改めて、『織羽』として。
少しでも長く織羽の傍にいて、少しでも長く織羽の記憶に留まりたいと思う。
（何度も『名』を呼ぶことで）
織羽が実在し消えないように。
織羽。
織羽。
織羽。
（『彼女』などという曖昧な）
誰でもいい言葉では、残らないから。
（――そう）
多分、私は気付いていた。
まだ若い頃に、気まぐれに手にした本で。
（永遠の命を持つ種族が）

存在することを笑ったあの時の。

何故か胸が高鳴った気持ち。

もしかしたらという思いが、おそらく頑《かたく》なにその名を呼ばせた。

(鬱陶《うっとう》しいほどに)

それでも私は。

「織羽」

名を呼ぶ。

「織羽」


何度も名を呼ぶ私に、織羽は苦笑して問いかけた。

「ねぇ、フィー。あなたはどうしてそんなに普通なの?」

私は問いの意味がわからなくて、織羽を見る。それを察して、織羽は続けた。

「あなただけだわ。そんなに普通に接してくれるの。みんなね、あたしを他の研究生物のように檻に閉じ込めるか、普通に接してるようで不気味がっているか、どちらかだったの。

でも――あなたは変わらないわね。いつまで経っても」

（いつまで……経っても？）

最後のフレーズが、妙に耳に残った。何故だか叱られているような気分になり、私はどんな表情を作ったらいいのかわからなくなった。

だから真顔で、織羽を見返す。

すると織羽は。

「あたしの寿命、わかったんでしょ？」

私の穴を突いた。

「！　……だから――」

（いつまで経っても）

なのか。

それを知っても、私が変わらないから。

「織羽……」

「教えて。誰も教えてくれなかったの。あたしはそれが知りたいから、今までみんなに協力してきた」

真っ直ぐな眼で、私を見る。

「だから教えて。知りたいの」

それを断る権利は、私にはなかった。

私は頷いて、織羽の両肩に手を置く。窓から入る光が、スポットライトのように織羽を照らし。

織羽は静かに言葉を待っていた。

「織羽。君の命に、終わりはないよ」

「え……?」

織羽が首を傾ける。

私も同じ方に傾け、告げた。

「君の寿命は永遠なんだよ」

「君の寿命は、永遠、なんだよ」

織羽は一度俯くと、目に涙をため、それでも私に笑顔を向けた。

「そうじゃないかって、思ってた」

その顔が痛くて、私は織羽を抱きしめた。

「織羽」

私の服に、温かい水が広がる。

「織羽。大丈夫だよ。君にはきっと、仲間がいるはずだから」

織羽の反応はなかったが、私はそのまま続けた。

「若い頃読んだ本に、分類が載っていたんだ。君の種族は確かに存在する。現に君は存在している」

そこまで告げると、織羽はやっと顔をあげた。その顔を、私はめいっぱいの笑顔で見返す。

「君は『不思議少女』。それが種族名だ」

「不思議…少女……」

織羽はくり返した。

若い頃読んだその本を、私は捜しはじめた。『不思議少女』が一体どんな種族であるのかを、正確に知るために。

（織羽のために）

若い頃――というのは、私が一般教養学校に通っていた時代だ。もう二十年以上も前の話。だからこの本捜しも、ずいぶん骨が折れるだろうと覚悟はしていた。

（だがそれ以上に）

時間がかかった。

本が見つかったのは、私がそれを捜しはじめてからなんと一年後のこと。

その間私と織羽は、当たり前のように一緒に暮らし、当たり前のように一緒に生きていた。

「私が寿命で死ぬまでは、織羽の傍にいよう」

他に居場所などないから。

私がそう告げると、織羽は笑って返した。

「約束よ？」

それは愛ではないと、私は思う。

決して見栄を張っているわけではない。

確かに織羽を大切に思いはしたけれど、それは愛ではないのだ。

(――同情?)

なのかもしれない。

わからない。

けれど織羽の傍に、いたいと思った。いて欲しいと思った。それが、私が最後に感じる人の温もりなのだと。

織羽も多分、私を愛しているわけではないだろう。織羽に対し私は余りにも年寄りだ。たとえ織羽が何年生きていようと、織羽の中身が老けているとは思えなかった。外見よりは成長しているものの、あくまで若い女性のそれなのだ。

(織羽……)

織羽も多分、私と同じ。

人恋しくて、寄り添っているのだ。

(私を大切に)

おそらく思ってくれているのだろう。

そういう言動が、少なからず見えたから。

「織羽……」

——パラっ

本のページを、私はめくった。
そこに書いてあった事実のすべては、私の口から語られることはなかった。
何故ならその前に。

(私は——)

——ピンポーン……

久しく鳴らされることのなかったインターホンが、軽快に鳴った。
私は読み終わり膝の上に置いていた本を、テーブルの上に置き、玄関のインターホンの所へ行く。インターホンの音に驚いた織羽も、いつの間にか私の後ろにいた。

外の様子も見られる、画面つきのインターホン。

私は通話ボタンを押す。

画面には、見知らぬスーツの男が数人映し出された。マイクに向かって問う。

「どちら様ですか？」

すると一人の男が、物腰穏やかに答える。

「あ、フィー殿ですね？　わたくし、せい連代表として参った者です」

（せい連⁈）

せい連――『全生物種星間連盟』といえば、この世界を取り仕切っている世界的組織だ。

（そんな組織の人間が）

一体何の用で……？

私は無理に心を落ち着かせ、来訪の理由を問う。

「何か御用ですか？」

「こちらに『不思議少女』がいらっしゃるでしょう？　その方を迎えに来たのです」

「な……っ」

信じられなかった。

織羽が『不思議少女』であることを、私は一切外に漏らしてはいないのだ。もちろん織羽自身が、漏らすはずはない。

私はわけがわからなくて混乱した。

隣で織羽は、小さく震え出す。私は織羽の肩に腕を伸ばし、引き寄せた。

（大丈夫だ、織羽）

「――何故、どこに、『不思議少女』を連れて行くんですか？」

私のその問いに、男は。

「決まっていますよ。『平和塔』です。あの『塔』にはすべての種族の代表が集まっているんです。――集まっていなければならないのです。『不思議少女』が今現在彼女しかいない以上、彼女が代表となります。だから連れて行くのです」

まるでその問いを予想していたかのように、すらすらと答えた。

（織羽しかいないから）

織羽が代表?!

間違ってはいないが、何だか強引な気がした。だいいち一人しか存在しない種族を、一体何の協議に参加させようというのだ。織羽は普通に暮らしている。力のない人間と何も変わりはしない。十分満たされているのだ。色々と大変な他の種族とは違う。

（それに）

『平和塔』へ行くということは、そこで暮らすということ。私の寿命がなくなるまでは共にいようと約束したのだ。

（私は織羽を、『せい連』に差し出すわけにはいかない――！）

「断ります」

それだけ告げて、私はボタンを放した。

「フィー……」

心配そうな顔で、織羽は私を見上げる。

その顔が余りに切なげで、私は思わず――

――ドスッ

背中に受けた一撃で、私はゆっくりとその場に崩れた。

「フィー?!」

ドアの方を見ると、小さな穴が見える。

（！　狙撃手《スナイパー》か……）

それも種族の一つ。何でも、どんなものでも弾にできる力を、彼らは持っている。

「う……っ…」

傷が痛む。血が広がる。

（しかし織羽が無事であることを）

私は確信していた。

たとえ弾が私を貫通していても、織羽には傷一つつけられはしないのだ。

「フィーっ！」

必死の形相で、織羽は私の名を呼んだ。

やがてドアは乱暴に破られ、スーツの男たちが入ってくる。

「フィー殿。申し訳ない。ドアを開けるだけのつもりが、あなたにも当たってしまったようだ」

ニヤニヤと笑いながら、ぬけぬけとそんなことを告げた。

（ミス？）

とんでもない。

明らかにこれは、私を狙った行為だ。

織羽ももちろんそれに気付いたのだろう。

鋭い視線を男たちに送っていた。

「あぁ……ぅ……」

しかし私が情けない呻き声を上げると、もう一度こちらを見る。

「フィーっ、嫌！　逝かないで……」

涙が私の顔に落ちる。私はゆっくりと手を動かすと、織羽の頬を拭った。

「織羽……」

スーツの男たちは、それ以上手出しはしなかった。おそらく私が死ぬことを、確信しているのだろう。

血はとまらない。

命が溢れ出るように。

「フィー、フィー……っ」

「……織羽……」

私は織羽の手を握る。

「すまない、織羽……約束を」

私がそこまで告げたところで、織羽は激しく首を振った。

（そんなことはいい？）

おそらくそう言いたいのだろう。

私は痛む身体で苦笑すると、続ける。

「約束を、変えてもいいかい？」

織羽の首がとまった。

「――織羽の傍にいられなくなった時が、私の寿命……」

私はもう片方の手を、自分の胸に当てた。

「だから今この瞬間に、私の命が尽きることを」

心臓の動きが、鈍くなりはじめた。

「ここで寿命が終わることを、許してくれないか……？」

「フィー……っ――一緒に…いてよぉ……」

織羽の言葉が、胸に痛かった。

こんな情けない私と、一緒にいたいと言ってくれる想いが。

だから私は、言葉を続けた。

(私も織羽と在りたい)

『私』でなくていい。遠い未来に。

「——そして……織羽。私の寿命を…運命を、中和して欲しい……」

「中…和——?」

(——そう)

それが、『不思議少女』と呼ばれる所以《ゆえん》。織羽は、すべてのものを中和する力を宿しているのだ。そしてせい連は、おそらくその力を狙っている。

私が、あの本を読んで知った真実。読む以前から考えていた事実。

目をはらしたまま、私の顔を覗く。織羽はその言葉を、噛みしめるようにくり返す。

「中和……」

「私を、中和してくれ……」

「中和……したら、フィーはどうなるの?」

真面目に考えているのだろう。織羽は、真面目な顔で問った。

(どうなる?)

どうなるのだろう……私にもわからない。けれど私という存在を中和することで、ゼロに戻すことで、私はもう一度、この世界にやり直せる気がした。

(やり直せる)

もう一度、織羽と出会える。

そう信じる。

結果がわからなくてもおそらく、その想いがいちばん大切なのだ。

痛い。

痛い。

後わずかの、存在。

「……大…丈夫、織羽。私は、君に会うよ……」

(必ず、会うよ)

最後の方は、もう言葉にできなかった。する力がなかった。

わずかの命が、ゆっくりと、

（今）
消え失せる。

（織羽）
君に。
私の運命を、託そう――

――フィー!!

声が聞こえた。
（あれは）
一体。
誰の声だったのか……？

四・オルハ

不思議な身体に気付いたあたしは、いつしか不思議を装うことを覚えた。あからさまに『不思議』を振りまき、自分自身の不思議を隠そうとした。

髪形を変えた。短いスカートをはいた。

他とは違うあたしを、あたしはさらに演出した。

(歳をとらない身体)

珍しいあたしは次から次と生物の手を移動し、様々な研究をされ、それでもあたしが本当に知りたかったことは、誰も教えてくれなかった。誰も知ることはできなかった。

(もしもこれでダメなら、諦めよう)

そう決心して向かった先で、あたしは本当に安らげる場所を見つけた。

彼はとても疲れていた。

妻を亡くし、娘を奪われ、とてもやつれていた。それを忘れるために仕事に一生懸命で、あたしにはそれが余計辛そうに見えた。

だから告げた。


――自由に、哀しめばいいわ。


彼はあたしの言葉に驚いたようだったが、やがてそれを受け入れ、自由になっていった。

（フィー……）

あたしが彼を自由にした。

そう言っても、過言ではないと思う。そしてあたしもまた、彼に自由をもらった。

今までにない優しい扱いに、最初あたしは戸惑ったものだった。彼はあたしを研究はしたが、決してただの研究生物として扱うことはなかった。研究対象を座らせるための椅子に、あたしが座ったのははじめの数回だけ。それ以降は、その椅子にあたしが座ることを嫌がった。――人間《ヒト》として、あたしに接してくれた。

「織羽」

そう名を呼ばれるたびに、あたしは生きていることを実感できた。その名前が、とても好きだった。

「君の寿命は、永遠、なんだよ」

そう告げられた時、あたしは驚きよりも納得の方が強かった。そして哀しかった。

(どんなに頑張っても)

フィーは、あたしをおいて逝ってしまうから。

涙が溢れた。あたしは、笑顔で応えることにとても苦労した。

(いずれまた、独りになるの)

誰も傍にいない日々が、はじまってしまう。

涙のとまらないあたしに、彼は「大丈夫だよ」と告げた。

「君にはきっと、仲間がいるはずだから」

そして『不思議少女』なのだと。

彼は若い頃に読んだという本を捜すために、とても一生懸命だった。あたしが知りたいすべてを、知らせるために。

けれどあたしがそれを知るのは、彼が死んだ後になる。彼はすべてを伝える間もなく、この世を去ってしまったのだ。

(一緒にいよう)

約束を、守れなくなってしまった彼。

誰でもない。

それはあたしのせいだから。

いいいいいいいい、

あたしはもちろん彼を許し、彼の言う通りにしようと思った。

あの時は何のことだかわからなかったけれど、彼が死んでから部屋に残されていた本を読んで、あたしはやっと理解した。『中和』の意味を。

自分の運命を中和しろと、彼は言った。あたしは言われる通り、彼のために願った。

(中和)

それは『不思議少女』だけが持ちえる、すべてを無に変える(戻す?)力。そう本に書いてあった。あたしが中和できることを彼は知っていたから、あたしに頼んだのだ。

中和され、どこかへ向かうために……?

(わからない)

彼が何を望んで中和されたがったのかはわからないけれど、それがいい方に作用することを、あたしは信じて疑わない。でなければ、こんな力など無意味だ。

（それに）


「君に会うよ」


そう告げた彼の言葉を、あたしは信じたかった。

「フィー‼」

彼の亡骸は消えた。亡骸があったはずの場所で泣き叫ぶあたしを、スーツを着込んだせい連の男たちは、無理やり『平和塔』に連れ帰った。

あたしは彼が消えてしまったショックで、しばらくは誰の声も耳に入らなかったが、そのうちその状態に慣れ、様々な生物の中に溶け込んでいった。

（これが人間？）

忘れるわけではない。けれど、すぐに慣れてしまう。染まってしまう。

集団の中で自分のカラーを出し続けるのは思うより辛く、誰も流されてゆく。

（あたしも）

流されてゆくのだ。

永遠に終わることのない、時間《とき》の中に。

あたしがせい連のトップに立ったのは、『平和塔』に住みはじめてから間もなくのことだった。

せい連機密会議で、選出されるトップ。

はじめ元トップの竜・タクヤに指名された時、あたしは断ろうと思った。そんな器じゃなかったし、あたしをトップに選んだ理由が『寿命がいちばん永いから』だったから。つまりタクヤがトップに選ばれたのも、そういう理由だったのだ。

みんなが言う。

「寿命の永い者でないと、時代をしっかり見定めることができない」

「何度もトップが交代するのは、世界にとっていいことではない。政局が不安定になるだけだ」

口々に言う。

受けるつもりはなかった。

（けれど）

あの時のことを思い出すと、受けずにはいられなかった。

（崩れ落ちるフィー）

今でも鮮明に思い出せる。

せい連の代表としてやってきた男たちは、いとも簡単に、躊躇《ためら》うことなく彼を殺した。あたしにはそれが。

（許せなかった……！）

だからせい連トップになることで、せい連の内側から変えていこうと思ったのだ。くだらない理由をつけて、簡単に生物を殺してしまうような者に、せい連代表を名乗らせたくはなかった。

手はじめに、あたしがトップの座についたのをきっかけに、どの種族の代表がトップについているのかを世間に隠すことにした。他の種族はいいのだけど、あたしの場合『不思議少女』は一人しかいないのだから、『不思議少女』の種族代表がトップになったと知れたら、すぐにばれてしまうのだ。もっとも、世間の人々は『不思議少女』を種族だと思っていないようだったけど。だからこそ、あたしは自由に外を出歩けた。

やがてあたしがトップという仕事に慣れてきた頃、あたしはフィーの娘を捜しはじめた。

(毎日)

彼のことを考えるたび、すまないと思う。

自責の念が込み上げてきて、深くあたしを捕らえるのだ。

(あたしに関わらなければ)

彼は殺されることなんてなかったのだから。

せめて彼の娘に、それを詫びたかった。

(それ以上に)

会いたかった。

最初は彼女の代わりとして、彼に受け入れられたのだから。


彼女はいなかった。

フィーがいた地区のどこにも。

（いなかった……）

あたしははっきり言って戸惑った。絶望した。

世界は広い。数限りない地区があるのだ。それが限定できないということは、見つけることもほぼ不可能。

（会えない？）

そう思うと、哀しくて涙が溢れた。

（ごめんね、フィー……）

彼の言葉を、一つ一つ思い出す。


「私の両親は早くに亡くなってしまってね。私はずっと独りだったんだよ」

「妻の両親に、本当の親のように接したかったけれど、彼らはそれを許してはくれなかったんだ」

「結婚を、許してくれなかった」

「だから私と妻は、××《その》地区を飛び出してここに来た。そして幸せに、暮らしていたんだ」

「けれど妻が死んで、娘も連れて行かれてしまった」

「私はまた独りになり、その孤独を埋めるように仕事に打ち込んだ……」


「！」

（そうだわ）

彼は、駆け落ちと同時に地区を移ったと言っていた。移った地区にそのまま住みついていたのなら、彼の娘は元の地区にいることになる……！

それに気付くと、あたしはすぐにその地区内を捜しはじめた。


やがて捜し当てた彼女は、名を『ラウディア』といった。

★

地区が限定されると、捜すのは意外と簡単だった。あたしが姿を見せれば、不思議な格好をしたあたしに人々は勝手に寄ってくる。せい連のメンバーには「それはお前が可愛いからだよ」とからかわれたこともあったが、本当のところはわからない。自分では、普通なのは顔だけだと思っていたりする。

あたしは寄ってくる人々から少しずつ情報を集め、気付かれないように、彼女を捜した。

そして見つけた時には、彼女は妊娠のため病院にいたのだ。

（妊…娠――?）

その響きに、あたしは甘い期待を抱いた。

彼女の中にいる子供は。

（もしかして）

あたしに中和された。

彼かもしれないと。


あたしは彼女と接触するために、一芝居うつことにした。理由はわからないがあたしを捜しているらしい彼女に、それを見せるのは簡単だった。

あたしに頼まれた男たちが、あたしを襲おうとする。予定通り彼女はそこに現れ、あたしを助けようとした。ただ一つ予定と違ったのは、その助け方だった。

陰から飛び出した彼女は、何かの強い力で、男たちを吹き飛ばしたのだ。

「！」

表情には出さずに、あたしは驚いた。それはあたしと同様の力だったから。彼女はあたしへと対する男たちの力を中和し、さらに爆発させることで吹き飛ばしたのだ。もしかしたらあたしよりも、強い力を持っているのかもしれない。

信じられないことに。

（彼女は）

『不思議少女』だった。

「ありがとう」

呆然と立っていた身体を、緩ませながら微笑む。

（やっと会えた）

彼《フィー》の彼女《ラウディア》。

彼女は、あたしを病院へと誘った。


彼女の顔は、彼とさほど似ていなかった。しかし持ち合わせている優しい雰囲気は、あまりにも彼のそれと似ていた。

（――いいえ）

同じだった。

だから彼女の傍では、あたしはくつろぐことができた。

病院の一室。

「話ってなあに？」

何も知らないそぶりで、あたしは彼女に問った。彼女はすぐには答えず、あたしに椅子をすすめる。

真剣な面持ちをしていた。緊張しているのだろう。その表情《かお》にあたしは、彼女が何を言おうとしているのか、何故彼女があたしを捜していたのか、検討がついた。

(不思議な力)

きっとそれを、わかりかねているのだ。

あたしもあの本がなければ、あれを彼が残してくれなかったら、ひどく戸惑っていたに違いない。

彼女はあたしの向かいに腰掛けると、やっと答えた。

「さっきの私の力、見たわよね?」

あたしはただ頷く。

「あれって、何だと思う?」

予想通りの言葉に、あたしは少し嬉しくなった。そして首を傾げて、何でもないように告げる。

「不思議」

「え?」

訝《いぶか》しげな顔をする彼女に、あたしは微笑んだ。

「『不思議少女』の、不思議」

「わからないの？」

「あなたも、『不思議少女』」


隙を与えず、告げた。

彼女は戸惑い、そしてやはり信じられないようだった。何かを考えるように、目は床を見ていた。

「少女なんて歳じゃないわ、私」

そのはじき出された答えがおかしくて、あたしはつい笑ってしまう。

「歳なんて関係ないわ。だって『不思議少女』は種族名だもの」

あたしのその言葉に、彼女はまた大きく目を見開く。

「種族…名？」

「そう。今までは、あたし一人だったの。はじめて会えたわ、あたし以外の『不思議少女』に」

あたしはそう告げると、椅子から立ち上がって彼女に近づいた。そして。

「嬉しいっ。ずっと会いたいって、思ってたの！」

彼女に抱きついた。

同じ種族であることが、単純に嬉しかったのだ。彼の言葉は、やはり間違っていなかった。

（——あ……）

フィーの…匂い。

彼女は彼と同じ匂いがした。優しい、優しい、言葉では到底表すことのできない、不思議な感覚と効果。

（彼女なら）

あたしの名前を呼べるかしら？

そう考え、あたしは彼女を試した。

「――ねぇ、『織羽』って、言ってみて」

彼女の腕の中で。

「『オルハ』？」

彼女は何気なく聞き返したが、あたしにはそれで十分だった。

「凄い！　ちゃんと聞こえるわ」

「？　……もしかして、あなたの名前？」

あたしは頷いて、彼女から手を放す。

（嬉しかった）

フィーが消えてから、誰もあたしの名前を呼べた人はいなかったから。

（『織羽』）

確かにそう、言っているんだと思う。口の動きはみんなそうだったから。

けれどその『音』を、あたしは認識することができなかったのだ。

（フィーの呼ぶ『織羽』でなければ）

あたしの名前ですらなかった。

けれど今、彼女があたしの名を呼んだ。

それを聞き取れたあたしは、無性に嬉しかった。

満面の笑みを浮かべ、彼女に答える。

「そう呼んで。『不思議少女』同士が『不思議少女』なんて呼び合ってたら変だもの」

すると、彼女も名乗ってくれた。

「私はラウディア。ラウでいいわ。——まだ信じられないんだけど、私も本当に『不思議少女』なの……？」

本当に信じられない、そういった表情で、あたしに確認する彼女。

「ええ！　間違いないわ」

あたしは笑顔で答えた。

けれどいちばん信じられないのは、やはりあたしだった。

（これは偶然？）

考える。

考えると、決して不可能ではない偶然であることがわかるのだ。

あたしはまた、あの本に書いてあったことを思い出す。

（『不思議少女』は、突然変異……）

何の力もない両親から、確率的に生まれてくる。本当は世間が思っているより多いはずの『不思議少女』。それと気付かないのは、中和能力を発現するきっかけがないからだ。『不思議少女』はその能力の有無と、終わることのない寿命でしか分けられない。寿命にしたって、見かけ年齢何歳で成長がとまってしまうのかは人それぞれだという。もし成長がとまる前に病気で亡くなってしまったら、その生物が『不思議少女』であったことに誰も気付かないのだ（事故に遭ったりする場合は、その時に発現する可能性があるのでおそらく死ねない）。

彼女は、あたしが見る限りではまだ成長しているようだった。もしくは、あの年齢で成長がとまっているのか。付き合いが短い上に、おなかという強変化するものが近くにあるから、中々気付くことができない。

（『不思議、少女』……）

彼女が『不思議少女』なら、おそらく彼女の生まれてくる子供は何の能力も持たないだろう。それも『不思議少女』の特性のひとつだった。

（だからこそ）

彼女の中の子供が、何の能力も持たなかった彼である可能性が高くなる。

（逆に）

だから何の能力も持てない、とも言えるのだけど。

（あたしとフィーは）

やっぱり狡かったの……？

命を中和して、やり直そうとしたあたしたち。

あの時あたしは中和の意味をよくわかっていなかったけれど、彼の言葉から、何となく気付いていてはいた。

（離れたくなかった……）

もう一度、出会いたかった。

本当に出会えるのかなんてわからなかったけど、試してみたかった。試さなければ、奇跡もありえないから。

（けれどそれは）

いけなかったの……？

いつ頃からだろう。

彼女の様子が少しおかしかった。

たまに何かに怯えるような表情を見せた。

だけど彼女は何も言わなかったから、あたしから聞くようなことはしなかった。

「ねぇ、オルハ。『不思議少女』って種族なのに、子供は『不思議少女』にならないの？」

ある日、期待に目を輝かせて彼女が問った。

どうしてそんなことを訊くのかわからなかったあたしは、そんな顔をして答える。

「『不思議少女』は突然変異よ？　あたしの両親は何の力もない人間だったもの。ラウだってそうじゃない。だから子供は『不思議少女』にならないと思うわ」

そのあたしの答えに、彼女がひどく残念そうな顔をしたのを、あたしは見逃さなかった。

（ラウ……）

心が痛い。あたしのせいかもしれない。

彼女はそれが辛いの？

「そんなに残念そうな顔しないでよ、ラウ」

苦笑して、あたしは彼女に返した。慰めにもならないかもしれないけれど。

「きっとラウ似の可愛い子供が生まれるわよ?」

すると彼女は、意気込んでこう答えたのだ。

「私よりね、一秒に似て欲しいの!」

それは相手の名前だった。

「どうして?」

「だって! 顔が好みなんだもの♡」

そう告げながら、彼女はサイドボードの引出しから誰かの写真を出す。私はそれを受け取ると、目をおとした。

(!)

驚くしか、なかった。

「……オルハ?」

呆然としたあたしを、彼女が呼ぶ。

「ごめん、何でもない」

そう告げながらも、あたしは頬に涙が伝うのを、とめられなかった。

「オルハ……」

必死に堪えているのに。

「ごめんなさい、ラウ」

「何謝ってるのよ……」

彼女はハンカチを取り出すと、あたしの涙を拭いてくれた。

「——知ってるの？　一砂のこと」

彼女の問いに激しく首を振ると、あたしはやっと落ち着いて答えた。

「そうじゃないの。あたしを育ててくれた人に、似てたから。この人がラウの相手なのね」

（あまりにも似ていた）

期待が確信に変わった。

また彼に会える嬉しさと、やはりあたしのせいである心苦しさに、涙が落ちたのだ。

「そうよ。私はこの顔を産みたいの」

大真面目な顔でそう告げる彼女を、あたしは笑うわけでもなく、大真面目に返した。

「あたし応援してるわっ。頑張って！」

そして二人して、笑いあった。

（頑張って！）

それは本心。

けれど……

(なんだろう)

もやもやしていた。

何故頑張って欲しいのか。

答えがあまりにやましくて。

(情けなかった)

きっと彼女は、彼の顔をはっきりと記憶しているわけではないのだ。それでも彼女が選んだ顔は、紛れもなく彼の顔で。

それを喜んでいるあたしは。

(一体何なんだろう……?)

ぐるぐる　ぐるぐる

思考は回る。けれど、あたしは自分自身に、答えを見出すことができない。

少しの時間が経ち、あたしは仕事でたまたま一緒になった竜に、結婚を申し込まれた。その竜は、あたしが『不思議少女』であると知ってもそれを取り下げなかった、はじめての生物だった。

プロポーズされるのははじめてではなかった。今までに何度も、そう告げられたことはあった。でもあたしが『不思議少女』であることを知ると——寿命が永遠であることを知ると、みんな去ってしまうのだ。必要以上に永い寿命が、あたしにバリケードを作った。

その竜は、あたしにずっと共に歩んで欲しいと告げた。優しいその言葉に、あたしは揺れたのだけれど、答えを出せずにいた。言葉は嬉しかったけれど、あたしは自分の気持ちがわからなかったのだ。

(もしかしたら)

彼女から生まれるはずの彼に、やはり期待していたのかもしれない。

少し迷って、あたしは彼女に相談することにした。彼女は『不思議少女』が永遠の命を持つことを知らないようだったから、見かけの年齢差を考えて問った(そのうち嫌でも気付くだろうし、知る前に死ねるならその方が幸せだと思ったからだ）。
しかし彼女から返ってきた答えは、あまりにも衝撃的だった。

「『不思議少女』は……子供を産めば死ぬわ」

あたしの責任が、耐えがたいほど重くなる。
（子供を産めば……死ぬ――？）
ならば彼女を殺すのは、あたしである可能性もあるのだ。
（あたしが彼を中和しなければ）
子供が宿ることもなかったかもしれないから。
あたしはまた、涙を流した。
彼女の前では泣いてばかりいるあたしを、彼女はどう思ったのだろう。
あたしが彼女に深く関わっていることを知ったら、彼女はどんな顔をするのだろう。
あたしはそれが、段々怖くなっていった。
「出産日が決まったの」

その言葉に、あたしは顔を上げる。

「一週間後よ」

あたしを慰めるかのように、その顔は笑顔だった。


「ごめんなさい」

決心して、告げたあたしの一言。様々な想いが詰まった、重い一言。

さらに続ける。

「ごめんなさい。あなたの子供が何の力も持てないのは、あたしのせいなの」

何を言われているのかわからない、彼女はそんな顔をして、あたしの言葉を無力化した。

彼女は微笑む。

「一砂の代わりに、分娩室に一緒に入ってくれない？　どうしても、最期に言いたいことがあるの」

あたしはまた、涙を流す。

とても辛かった。

(ラウは本当に)

死んでしまうの?

(死んでしまった)

彼のように。

それでも微笑んで、あたしは頷いた。泣き顔だけを覚えられるのは、嫌だったから。


「オルハ」

分娩台に、横たわる彼女が呼んだ。あたしは少し首を傾げて、彼女の顔を見つめる。

すると彼女は少し笑って。

「オルハ。この子は死のうとするわ。私が死んだら、一秒は多分この子を引き取る。けれどこの子は、幸せになることはできない。社会に出ても苦しむだけ。私にはわかる」

「そんなことないわ!」

必死な顔で、あたしは言った。

(そんなことない)

彼はとても自由だった。

すべてを失くすまでは、それなりに生きてきたと、彼は言っていたのだ。

（フィーなら）

多分ちゃんと生きていける。

あたしのこんな想いなど知るはずもない彼女は、天井を見上げ応えた。

「それでもいいの。この子が可哀相でも、私は産みたい」

その言葉に、あたしは強い衝撃を受ける。


――それでも、産みたい。


（それほどに）

子供の誕生を喜んでいることが。

あたしは嬉しかったけれど、だからといって罪が軽くなるわけではもちろんない。

（やっぱり……）

「お願い、この子を死なせないで」

窓から射し込んだ夕日が、彼女の顔を赤く染める。その真面目な顔に、申し訳なく思う。

辛くなる。

「これは仕事よ。私の死体は高く売れるでしょう?」

緋色の世界で、彼女はそっとあたしの手を握った。

「だからお願い。この子を殺さないで」

「…………」

答えは返せなかった。

頷く権利が、あたしにはないと思ったから。

(それでも)

たとえ何があっても、彼女の子供を死なせたくはなかった。

無意識に、手を握り返していた。

「——ありがとう」

安堵で微笑む彼女に。

「条件があるの」

すべてを委ねる、決心をする。

あたしは切り出す。

「今の約束も、あたしの記憶も、あなたの中に入れて？」
「え…？」
もう囁きほどの声しか出ない。そんな彼女を、あたしは抱きしめた。
（このまま死なせはしない）
あたしは、責任をとらなければいけないのだ。
（そしてフィーも）
だから。
すべてを。
あたしを。
（無に還そう）
それがあたしたちの責任となり、そして。
（新しい出会いとなる）
だから。

「あたしはやっぱり狡い」
「全部忘れるの」
「そしてあたしは、ちゃんと自分で見つけるわ」
「『不思議』じゃなくて、この手で」
「だから」

「あなたの中に、入れて?」

――あたしを中和して……?

そしてあたしの記憶は。
あたしの中の彼は。
彼女の中に。
深く入り込んだ。

——きっとまた会える。

あたしも、信じているから。

★

「織葉」

呼ばれたあたしは、クウェンを振り返る。

そしてクウェンに歩み寄りながら、応えた。

「ありがとう、キレイな名前ね」

微笑み、彼を抱きしめた。

「織、葉……？」

戸惑い顔を赤らめる彼が、とても可愛かった。
(フィーに似てはいない)
けれど、惹かれる何かがあった。

——ドクンっ

封印されていた記憶が、静かに脈づく。
(本当に、会えたわ)
もう一度。
あたしはこの手で、見つけたの。
「織葉……」
抱きしめたまま、彼はもう一度名を呼ぶ。
(多分クウェンは)
何も知らない。
フィーの記憶を持っているとか、そんな都合のいいことはないのだ。

それでも。

（あたしは構わない）

あたしのせいで失われたすべてを、彼に返していくだけ。

「クウェン」

あたしの呼び声に、彼は反応する。

「――何？」

あたしは顔を上げ。

そう彼に告げた。

「あたしと一緒に来て」

「……どこへ？」

彼は首を傾げた。それはあたしがよくやる仕草だったから、あたしは小さく笑った。

彼から離れて、背を向ける。

「――世界を、巡るの。あの『宣言』を、平等化するために」

せい連が出した宣言。

『不思議少女』の不思議を解き明かした者に、この世界の覇権を与える——

だからあたしは、『不思議少女』をまだ知らない地区にも足を伸ばして、どの地区も平等にしなければならない。

(あの宣言の本当の意味を)

隠すために。

あたしは振り返らずに、彼の言葉を待った。

顔を見ることはできないのだ。拒絶された時に、きっとあたしは涙を流すから。

(本当は)

フィーのことから話せば、彼はきっとあたしについて来ると思う。彼が思うより彼は優しいのだ。断れはしない。

けれどそれは。それでは。

あまりに自由がないから。

そんなことをしても、苦しむだけ。あたしは彼の意思で、決めて欲しかった。

(何にも囚われずに)

あたしを見て――

「――わかった。一緒に、行く」

(!)

彼はゆっくりと、そう告げた。

「ここにいたって、俺は必要とされないから。君が俺を呼ぶなら、俺はついていくさ」

その言葉が、あたしの涙を誘った。

(なんだ……)

どのみち、あたしは泣いてしまうのだ。

どうして。いつから。こんなに涙もろくなったのか。

(温もりを知ったあたしは)

弱くはなったけど、それがマイナスだとは思わない。

涙を流した分だけ、あたしはきっと強くなれるのだ。

腕で涙を拭うと、あたしは勢いよく振り返った。

「行こう、クウェン」
(ラウ)

(フィー)

あたしと一緒に。

何も無駄にしない。

あたしはもっと自由に。

生きるの——。

★

気がついたあたしは、何故か病院の分娩室にいた。

傍らには、クウェンという名前の生まれたばかりの赤ん坊がいて、亡くなったばかりの母親がいた。

あたしはわけがわからずに、『平和塔』へ帰った。

(フィーと、そしてラウのことを)

すべて忘れていたのだ。

表面上、あたしは何も変わっていなかった。当たり前のように仕事をこなし、当たり前のように生活していた。

けれど心には、風の通る穴があった。

(何故なら)

それ以前のあたしは、いつもどこかで彼のことを考え、彼女のことを考えていたから。それを忘れてしまった以上、あたしが違ってしまうのは当然のことなのだ。

そんなあたしに最初に気付いたのは、元トップである竜のタクヤだった。

タクヤは、あたしが『平和塔』に住みついた頃から、あたしの世話をよくしてくれた。様々なことを教えてくれた。あたしがトップに指名されてからも、責任を感じてか色々と協力してくれた。そんなタクヤだから、あたしの微妙な変化に気付いたのだろう。それにタクヤは、あたしがラウを捜していたことを知っていた。

「捜していた娘《こ》は、見つかったのか?」

「何のこと？」

その一度の問答で、タクヤはすべてを見破っていたのだと、今になって思う。

あたしの変化に気付き、同時にあたしの過去も知った。タクヤがどうやってそれを知ったのかはわからないけれど、多分正解だったんだろう。タクヤの計画は、確実に作用していたのだから。

タクヤは、あたしにしばらく外へは出るなと告げた。

（おそらく）

時期を待っていたのだ。

タクヤは、あたしが外を出歩いていた頃の噂が消えた後。そしてクウェンが、それなりの年齢に達した頃。

最後の計画を実行した。

あの日あたしはタクヤに、今日のサミットは出席しなくてもいいと言われた。今思えばそこからはじまっていたのだ。

外を彷徨《さまよ》い歩いていたあたしに、飛び込んできたニュースはあの『宣言』だった。

『不思議少女』の不思議を解き明かした者に、この世界の覇権を与える――

あたしはもちろんわけがわからなくて、急いで『平和塔』に戻った。

誰に尋ねても「タクヤに聞け」と言われ、あたしはタクヤを捜し回った。

タクヤは何故か、あたしの部屋にいた。

あたしが問いただすと、タクヤは告げた。

「不思議が解き明かされれば、すべてわかる」

タクヤの瞳が、あたしにそれ以上の詮索を許さなかった。

「――だが、上辺《うわべ》だけの理由なら教えてやらんこともない」

俯いたあたしに、タクヤはそう続けた。あたしはそれでも構わないと、その理由を聞いたのだった。

すべてを思い出した今なら、あの宣言の本当の意味が、タクヤの想いがよくわかる。

タクヤはあたしに、チャンスをくれたのだ。クウェンと出会うチャンスは、宣言が出される前と後で確率がまったく違う。

あたしを外に出さないことで以前の噂をすべて消し、再び現れた時に大きな話題になるようにした。注目を集めさせた。『宣言』によって、その注目はさらに強くなった。そしてあの宣言の本当の意味。

（あたしの不思議は）

あたしの記憶。

（世界の覇権は）

あたしの持つ地位。

つまり。

（あたしの記憶を持っている者と、あたしの結婚）

あたしと結婚することは、あたしの地位を共用するということだから。

もっとも、相手が拒んだ場合は成立しないから、タクヤは冗談のつもりだったのだと思う。それでもその宣言は人々の話題を誘った。

「もしもあの子がフィーの現在だとしたら、本能で織羽に興味を抱くと思った」

タクヤはそう告げた。

実際は、クウェンはあたしには興味を持ってくれていたらしいけれど、あの宣言には興味を抱かなかった。しかしだからこそ、あたしはクウェンを選び、出会うことができたのだ。タクヤのもくろみは成功したと言える。

(フィーの死)

あの時クウェンを殺したくないと思ったあたしの心は、タクヤの言う本能だったのか。

そして

(ラウの死)

そのどちらも、あたしは見ていた。最期の言葉を聞いていた。

(だから)

もう嫌だと思った。これ以上殺したくない。

理由はどうであれ。

二人を殺したのは紛れもなくあたしだから。

(罪を増やしたくなかった……?)

狡いあたし。

それも否定できないけれど。

何故だか強く思ったのだ。

(殺しちゃいけない)

この人だけは。


「この子を殺さないで」


ラウの言葉の、力かもしれないけれど。

クウェンを殺さずにすんだことを、心から感謝する。

タクヤには、何度お礼を言ったって足りないくらい。

「織羽がしっかりとトップを守ってくれるのなら、それでいい」

その言葉が、とても嬉しかった。

(——そう)

あたしは独りではなかった。

フィーを亡くして、独りになったつもりだった。でも心配してくれる目は、いつも傍にあった。あたしが気付かなかっただけで、あたしは囲まれていた。

そして今は。

傍にクウェンがいる。

(幸せ?)

実はあたしは、とても幸せな人生を送っているのかもしれない。

そう思う。

しばらくは、クウェンにすべてを話すつもりはないけれど。もしあたしがクウェンの子供を産むことになったら、話そうと思う。

あたしが生きてきた人生《みち》を、知って欲しいと思う。そしてあたしの死を、許して欲しい。

(今はまだ)

先のことはわからないけれど。

クウェンがあたしを愛してくれるのか、わからないけれど。

どこまでも行けると思う。
繋ぐ手があって、見守る人がいるから。
（あたしは忘れない）
すべての想いを。
いつまでもこの胸に抱いて――。

裏～『塔』の中～

一・侑木《ゆうき》

ひたすらに狡かった。

（あいつは）

ただひたすらに。

俺があいつの言うことに逆らわなかったのは。まだ小さかった俺には、既に大人でせい連トップだったあいつが怖かったからだ。そして逆らえば、種族代表の地位を剥奪されるであろうことに気付いていたから。親父が俺のために残してくれたこの地位を、そんな理由で失うわけにはいかなかった。

（でも――）

このままでは終わらせまいと、俺は心に誓っていた。

（近い未来に）

俺の手で、必ず返そうと。

だから俺は、誰にも秘密で罠をはりはじめた。

(俺にとっては)

気の遠くなるほど長い時間をかけた。

けれどあいつにとっては一瞬の。

——彼女の運命を、左右する罠を。


はじめはこんなんじゃなかった。

安定した感情。誰にも隙など見せなかった。

けれどいつの間にか、狂いはじめてしまった。

(——いつの間にか?)

いや、そんな抽象的なモンじゃない。

むしろその時期は、余りにもはっきりとしすぎていた。他の奴らは何も知らない。俺だけが確実に。

(あいつの過去を読んだ)

大切な人が次々に死に逝く恐怖。耐えられずに閉ざした心。そして彼女を見つけた時の、衝撃――。

だからわかってしまった。

狂いはじめたことを。理解されぬままの心を。

徐々に傾いてゆく時間と天秤。

動き出さないあいつに、俺は少し同情した。

(動き出せないのだということに)

気付いていたから。

あいつはおそらく、どうしていいかわからないのだ。今までにそんな経験がなかったから。安心して近づける誰かに、会ったことがない。

(だから近づけない)

哀れですらあった。

けれどあいつは、やがてそんなことを言っていられなくなってしまった。一人の男の登場で、あいつの心はひどく掻き乱された。

何もできずに、ただ見ているだけの毎日。

目にするものは楽しそうな光景ばかりで、あいつの精神は徐々に蝕まれていった。それはただの嫉妬だったのだが、本人はそんな感情を知らず、何故か込み上げる憎しみを発散できずにいた。

心だけが先走って、あいつを置いてゆく。

あいつは遠くからそんな自分を見、後悔ともどかしさの中でもがく。

バランスが取れず、ただ過ぎるばかり。

（だから――）

狂ってしまった……？

最終的にあいつが取った行動。それは余りにも卑劣で非道なものだった。

俺がはった罠は、確実に発動し、徐々にあいつを追い込んでいくだろう。

最後の仕上げも万全。後はただ、見守るだけ。

あいつがこれからどこへ行くのか。

流されて行くのか。

その先を、俺は見ることができない。

俺がこの第三の眼でできることといえば、過去を覗くことと暗示くらいだ。未来を見ることほどつまらないものはないが、俺が生きられない未来だから、少しだけ覗いてみたいとは思う。あいつの行く末を、やはり知りたいから。

(狡いあいつが)

一体どうなっていくのか。

幸せになるのならやはり悔しい。

多分俺も狡いのだろうけど、何故か悔しい。

邪魔をしたい気持ちがあった。

どんなに心を想っても、許すことはできない。

俺は自分が善人だとは思わない。

(それでも——)

そして俺に『暗示』を頼んだことで、俺はさらに絶望した。

(狡さが倍になった)

情けなくて、見ていられなくなった。

（許しはしない）

どんなに時間がかかっても。

——いつか必ず、あいつに返そう。

それだけを、強く誓って。

二・タクヤ

その時の彼女は、どこかおかしかった。

表面上は何も変わらなかったが、確かにどこか違ったのだ。自分にはわかった。

(もう何年も)

自分は彼女を見つめているから。


彼女がここへ来たのは、とても天気の良い暖かな日だった。それとは対照的に、彼女の心が沈んでいたのもよく覚えている。

(涙が……)

いく筋も流れていくのを、彼女自身とめられないようだった。

そしてその時の顔があまりにも綺麗で。

(不謹慎だとは思うが)

自分は彼女から目が離せなくなってしまっていたのだ。

自分は周りの生物のほとんどに、心を閉ざしてきた。自分と同じ種族の者以外とは、常に一線をおいて接してきた。

(誰もが先に死に逝く)

それが辛かった。

まだ若かった頃はそれができずに……それを知らず、毎日泣いてばかりだった。

(接すれば接するほど)

情は深まり、涙はあふれた。

そしてここに来てからやっと、それから逃れる術《すべ》を学んだのだ。

(心を閉ざそう)

そうすれば、自分は独りでも生きてゆける。

——そう、思っていたのに。

彼女の存在は、自分の決心を、想いを、ただひたすらに揺るがした。

(彼女の涙は)

自分を変えるものでしかなかった。

「捜していた娘《こ》は、見つかったのか？」


自分の問いかけに、「何のこと？」と彼女は答えた。首を傾ける仕草が愛らしかった。けれど、その答えは間違いだった。

（何となく）

自分には彼女の置かれている状況がわかった。

（多分彼女は）

いちばん大切な何かを、失くしてしまったのだ。


「俺が見てやろうか？」

突然に、そう切り出した男がいた。顔に見覚えがあった。ここに一緒に住んでいる奴だ。

名前はたしか……

「侑木？」

「ほぉー、名前を知っているとは、光栄だな」

侑木は心から感心したように告げた。それが少し腹立たしくて、自分は応える。

「ここに住んでいる者なら、大体名前はわかる」

「だが、それ以上の興味はないんだろ？　タクヤ」

ピクリと眉を動かしただけで、自分は何も答えなかった。否定する理由はないし、肯定するのも癪だったから。

侑木はそれを悟ってか、ニヤリと意地の悪そうな笑みを見せる。

「あんた、見ていられねーんだ」

声だけは真面目に、そんなことを言う。

「……何のことだ」

「俺が見てやるよ。この第三の眼で」

自分の質問には答えず、侑木は額を覆っていたバンダナを外す。

（第三の眼……）

額には、その名の通り眼がついていた。心なしか、下の二つの眼より大きい。

「そうか――魔眼使いの侑木、だったな」

「思い出していただけて光栄」

わざとらしくそう言うと、侑木は突然自分の頭に手を伸ばした。

「！」

――バシっ

反射的に叩き落とすと、侑木は顔をしかめ。

「知りたいんだろ？」

そう問った。

（知りたい？）

何を？

「あんたボロボロだから、助けてやろうって言ってんだよ」

（助ける？）

何から誰を?

また手を伸ばされる。

逃げようとする自分に。

「逃げるな」

侑木の低い声が飛ぶ。

「知りたいんだろ?」

侑木の大きな手の平が、額にかざされた。


(見てはいけないものを)

見てしまったような気がした。

侑木が自分に見せたものは。

(彼女が大切な何かを失くした理由と)

その何か。

知ってしまってから、自分は後悔していた。何もやましいわけではない。ただ苦しくて。

彼女を取り巻く環境が切なすぎて、会うたびに抱きしめたくなるからだ。

「これをどう使うかは、あんたの自由だ」

過去を見る力をもった侑木は、自分の額から手を放すとそう告げた。そして後ろを向き、そのまま去っていこうとする。

「……何故」

（これを見せた？）

遠ざかりながら、侑木は言葉を返した。

「見てらんねーって、言ってるだろ」

「自分《わたし》の過去を見たのか？」

鎌をかけるような自分の問いに、侑木の足がとまる。そして振り返ると、また意地の悪そうな笑みを浮かべた。

「冗談！　ヤローの過去なんか見て楽しいかよ。あんた見るからに不幸そうな顔してんじゃん」

「！」

自分に言い返す隙を与えず、侑木はまたゆっくりと遠ざかる。

(侑木……)

自分のたどって来た道を、少しでもわかってくれるのだろうか。
自分の頑《かたく》なな態度を、許してくれるのだろうか。
もう廊下の向こうに消えた影に、自分はゆっくりと頭を下げた。

(何とかしてやりたい)
そう思う。
見てしまったのだから、何とかしなければならない。
(彼女の未来のために)
それが彼女を死に誘う道でも。
(彼女がそれを望むなら)
自分にとめる権利などないのだ。
だから彼女が、自由に選択できるように。
その日のために。

（自分は力になろう）

応援しよう。

★

『竜』という、他のどの生物よりも永い時間を生きる自分。先に死に逝く者を見届けるのが哀しくて、距離をおくことを覚えた自分。

彼女と共に在りたいと想う心は、我ながら信じられず、それでもその想いを捨てることはできなかった。

（おそらく……）

彼女とはそれが可能だからだ。永遠の寿命を持つ織羽とは。

けれど自分は、その想いを彼女に伝えることはできなかった。

怖かったのだ。

これまで彼女は、様々な生物に結婚を申し込まれていた。けれどその中の誰もが、彼女が『不思議少女』だと知るとそれを取り消した。

(だから怖かった)

いまだかつて、彼女自身が答えを出したことはない。自分がプロポーズした時に、一体どんな反応が返ってくるのか見当もつかない。結婚という二文字に対して、彼女がどのように考えているのか。

(まったくわからない)

それに彼女は、せい連のトップなのだ。

知らない者ならともかく、それを知っている自分が告白し、振られてしまったらそれは。

(ただ恥ずかしい)

そんな気持《こころ》ちなのだ。

結局臆病でしかない。

そんな自分だったから、ただ見守るだけで時間だけが過ぎていった。

そんなある日。

一人の竜が、彼女にプロポーズした。

（自分は）

何か嫌な気持ちが胸に込み上げるのと同時に、そのプロポーズに対する彼女の答えに、ひどく興味を持っている自分に気付いた。

（何故？）

そんなことは考えなくても明白だった。

そいつが竜であり、永遠を拒まなかったからだ。自分と違うのは社会的地位《ステータス》だけ。そんな竜に彼女がどんな言葉を返すのか、自分はそれを知りたかった。

（――だが……）

その返事を、自分はおろかその竜本人でさえ聞くことはできなかった。

それというのも。

（それ以外の理由で）

明らかに彼女の態度が変わったからだ。

それが何故なのか、自分にはわからなかった。ただそれが、彼女をひどく落ち込ませたのは確かだった。

そんな素振りは見せなかったけれど、自分には何となくわかった。まるで永い間ずっと見てきたかのように、自分には何故か、彼女のことが良くわかるのだ。

(何故だろう…)

心に引っ掛かり、考えたことはあるが、答えが出たことはなかった。

だからいつしか、考えることを忘れていた。

(それがとても重要な意味を持つことに)

自分はまったく気付かなかったのだ。


彼女の様子がおかしかった理由を、自分は侑木のおかげで知ることになる。

(魔眼使いの侑木……)

第三の眼で、人の過去を見ることができるという。他にも何かできるらしいが、詳しいことを自分は知らない。

侑木は突然自分の前に現れ、自分に彼女の今までを見せた。

両親にすら見捨てられた、育つことをやめた少女。

(研究し尽くされたはずの身体)

どこにも安らぐ場所のない魂。

そして彼女が見つけたのは。

(フィーという名の)

一人の研究者だった。

しかし彼女はせい連に見つかり、『平和塔』へ連れて来られることになる。その過程で、彼女を(が?)愛したフィーの命は潰えた。彼女は言われるままにフィーを中和し、フィーの遺体はどこかへ消えた。

自分が恋をしたのは、フィーの死に心を悼め涙する彼女だ。

そしてしだいにここでの生活に慣れた彼女は、一人の女性を捜しはじめる。

(ラウディアという)

フィーの娘を。

やがてラウディアを見つけた彼女は、彼女自身の画策で出会い、不思議と違和感なく投合し、急速に親しくなった。

妊娠のため病院に入院していたラウディア。

例の竜が彼女にプロポーズしたのは、二人が出会って少し経った頃だった。

今まで言われたことのなかった言葉に、彼女は戸惑ったのだろう。そのことをラウディアに相談し、ラウディアはそんな彼女に一つの真実を明かした。

「『不思議少女』は……子供を産めば死ぬわ」

(——多分)

ラウディアはそれが真実だとは知らずに、彼女に伝えたのだと思う。けれどそれはあまりに的を射ていて、そのことが彼女に強い衝撃を与えたようだった。そしてその衝撃のきっかけを与えたのは。

(自分とは違う、竜……)

もやもやした感情。自分にはこれが何なのかわからない。

彼女に影響を与えるのは。

(いつでも自分でありたかった……?)

想いを伝える勇気もないのに。

そんなことを、考えているのか。

(結局)

彼女の様子がおかしかったのは。

ラウディアのその言葉と、ラウディアが死んでしまった事実。

(そしておそらく)

狡かった彼女自身。

(それらを忘れるために)

以前の記憶を封印したからだ。

生まれてくる、ラウディアの子供《こ》の中に。

★

「あんた、これで満足なんだ?」

また突然、侑木が自分に声をかけた。

自分が彼女の未来のために立てた計画の、すべてが終わった後だった。

（サミットでの『宣言』）

それがこの計画の最後。

それ以上はどうにもならないことを、自分は知っていた。そこから先は自分の力でコントロールするのは不可能だから。そこは運命の領域なのだ。自分はただ、二人が無事に出会うことを祈るだけ。

彼女はあの宣言の後に、やはり自分のもとにやってきた。きっと来るだろうと思っていたから、自分は彼女の部屋で待っていたのだが、彼女はかなり捜したようだった。

彼女は、自分にあの宣言の理由を聞いた。

しかし真実を言ってしまっては意味がないから、自分は表向きの理由だけを伝え、後のすべては彼女の運に託した。

表の顔としてワーカーの仕事を持っていた彼女が、仕事を請け負うことで最終的に二人は出会った。偶然にも、キーワードであったらしい彼女の名前を呼ばれ、彼女は記憶を取り戻したのだった。

「あんた、本当にこれで満足なんだ？」

返事をしない自分に、侑木は確認するようにもう一度問った。『塔』の屋上に、ぼんやりと佇《たたず》む自分に。

いつの間にか日課になってしまった。一日に一度はここに来て、地上を眺める。

出会いを終えた二人の行く末を、祈るように。願うように。

自分は軽く頷くと、やっと答えた。

「満足だ」


「なんで？」

「あんた、あいつが好きなんだろ？」

「他の男とくっついて良いわけ？」

答えを期待しているのかいないのか、侑木は次から次へと言葉を吐く。

「それって自己満足？」

「自己完結？」

「それでいいのか？」

「それがあんた？」

「本心は何だ」

「言ってみろよ！」

顔は無表情に、声だけがクレシェンド。

途切れた頃に、自分はやっと口を挟んだ。

「――何が言いたい？」

侑木は不意にニヤリと笑うと、自分の方に歩いてくる。

ひたひた　ひたひた

小さな足音だけが聞こえ、気配が近づく。

侑木は自分の真横まで来ると、耳元に口を近づけて告げた。

「満足など、させてやるもんか」

「！」

そして今度は、自分を通り過ぎ遠ざかって行く。

「お前がそんなに優しいもんか」

ぽつりぽつりと、毒舌を吐く。

「侑木……？」

「ホントは出会って欲しくなかったと」

自分の言葉には耳を貸さない。

「思っているんだろう⁈」

「侑木！」

自分は勢いよく振り返る。

侑木の背中が語る。

「――二人を、出会わせたのは俺だよ」

「……⁉」

「俺が仕向けた。織羽がクウェンに協力を頼むように」

（何……⁉）

信じられなかった。自分が手を出せないと放り出した領域を、侑木は操ってみせたと言うのだ。

「意外と簡単だった。だって何の力もないワーカーは、この地区ではクウェンだけだったから」

侑木はゆっくりと、こちらに向き直る。

「後は仕事を頼めば終わりさ」

「――では、あの自殺志願者の説得という仕事は……」

意地悪そうに笑っていた顔が、不意に締まる。

「そう。依頼者は俺だ」

（なんて、ことだ……）

そこまで操作できるなんて。

「あいつ自身は本当に死にたがっていた。だから最期に一仕事してくれないかと頼んだ。万が一今回生き延びても、後でちゃんと始末をつける約束だった」

つまりもう生きてはいないのだ。彼女の果たした出会いを、演出した男は。

「侑木」

「あんたが狡過ぎるから。俺はこうするしかなかった」

「……」

侑木の言うことが、自分にはよくわからない。

（狡い？）

一体自分の、何が狡いというのだ？

（狡いというよりは）

むしろ情けないと思う。プロポーズすらできずにいた自分が。

けれど彼女の過去を知った今、自分は彼女にプロポーズしたいとは思わない。それよりも彼女が幸せになることを願い、二人が出会う手伝いをしてきたのだ。侑木にどうこう言われる筋合いはない。

「――自分の、どこが狡いと？」

鋭い眼光を、侑木に向けた。

侑木は珍しく儚げに微笑むと。

「初めから終わりまで、全部だ」

一度切って続ける。

「……俺はもう、寿命が尽きる。他の人間よりは永いといっても、所詮人間だ。あんたたちのような種族に比べたら、それこそ一瞬。俺があんたの未来を見るなんて、不可能なんだ。――けど……変えることはできる」

「！」

「あんたを幸せにはしない。俺自身こんなガラじゃないが、どうしてもあんたを許すことはできない。せめて罪を――罪を背負って、生きてもらう」

そこで終わると、侑木はゆっくりとまた、自分に近づいてくる。徐々に右手が上がり、自分はそれが額にかざされることを予測した。

「……！」

逃げようとしたが、足が動かなかった。第三の眼で睨まれ、それを許されなかった。

「タクヤ」

侑木が自分を見つめる。

「これがあんたの――真実だ」

冷たい手の平の、感触がした――。

――ああ……。

そんな声だけが、思わず口から漏れた。

両手で頭を抱え、自分はその場に崩れる。

（ああ……！）

侑木の言う自分の真実に、自分は立っていられなかったのだ。

侑木は薄く笑うと。

「あの時織羽の記憶を見せた時点で」

上から私を見下ろす。

「あんたがもし自力で思い出せたなら」

見下した目をして。

「俺は……」

それ以上は言わなかった。

侑木はそのままゆっくりと、屋上の出口へ足を運ぶ。

小さく呟いた自分の声に足をとめた侑木は、小さく振り返った。

「侑、木……」

そして哀れな自分の姿にしばらく目をおとし。

「……言わないつもりだった」

そう呟いて、また真っ直ぐ前を向いた。足をとめたまま。

「あの男にラウディアを抱かせたのも俺」

「ラウディアを面食いにしたのも俺」

「一体どっちの罪が、重いと思う？」


そう告げた。

そのまま去ってゆく。

「な……っ?!」

自分はただ、呆然とその様子を見つめていた。

（それでは……）

そのように仕向けたのは侑木?!

考えもしなかった。本当にただの偶然なのだと思っていた。運命の——想いのなせる技なのだと。

（——しかし）

ラウディアがあの顔を選んだのも、あの顔がラウディアを抱いたのも、すべて侑木の計画だったというのか！

（非道《ひど》い……？）

確かに非道い。

望まれた命でも、我々が手を出していい領域ではない。我々はただの種族代表で、『神』ではないのだから。

――しかし……。

（責めることはできない）

去り行く侑木を、呼びとめることもできない。

侑木が先ほどどうしてあんなことを言ったのか、したのか、今わかったから。

（思い出した）

そして自分の罪を。

（――なんて、ことを……）

してしまったのだろう……。

侑木とは比べ物にならないほど、罪深いのは自分だ。まして侑木の罪は、自分の犯した罪の上に立っているのだ。自分があんなことをしなければ……侑木に頼まなければ、侑木がそれをすることもなかったのだから。
最後に明かした侑木の、優しさが胸に痛かった。
(比べるまでもない)
重いのは自分の罪。
明らかに狂っていた自分自身。
他には何も見えなかった。
ただ彼女だけ?

「——ああ!」

あまりに馬鹿な自分に、立ち直れなかった。

「どうして…!」

言葉を叫ぶだけで、自分はまた、徐々に壊れてゆくのか。

（わからない）

けれど何かをしていたかった。

他に思いつかなかったから、ただ叫んだ。

「――織羽……っ！」

（織羽……）

彼女の幸せを願いながらも。

最初に彼女の幸せを消去《け》していたのは。

「消して……いたのは――」

――すまない、織羽……

★

どこにもいないと思っていた。
自分とともに、歩んでいける誰か。
（そして誰も）
寿命が永い自分。
誰よりも永い種族である自分。
たとえ死にたいと思い、すべてを諦めても。
（自然に死ぬためには）
気が遠くなるほどの時間を要する。
それこそ『死』に意味などない。

いつまで経っても死ねない。

けれど自分から死ぬことは。

(自分には)

できなかった。

ただ怖いのかもしれない。

普通に生きているだけでは、死の恐怖など感じないけれど。自分から死のうとすると何故だか、それを強く感じてしまう。

多分無意識に。

(——あるいは)

憧れゆえに死ねないのだろうか。

(その現象に憧れ)

ただ死ねるその瞬間を。

(待っているのかもしれない)

他のどの、何の痛みでもなく、自然のままに死ねる瞬間。

自分は何を考え、何を想うのか。

（知りたい……？）
——いや、わからない。
だけど自分はいきたい。逝きたいのではなく、確かに生きたい。
（だから）
恋しく思った。
これから訪れる永い永い時を、共に生きてくれる誰かを。

（だから）
興味を持った。
研究者の間で噂になっていた、成長しない少女。
（もしかすると……）
そんな気持ちが、胸の中にはあった。
成長しないのなら、永遠に生き続けるかもしれない。
何故なら寿命という死は、老化によっておとずれるものだからだ。老化のない者に、寿命がなくても不自然ではない。

自分はまず、彼女の寿命について調べることにした。直接接触はせず、研究者たちのレポートから間接的に調べた。

(接触はまだ早い)

そう思ったから、自分は遠くから見守った。

少女は移動していた。

同じ場所に長くはいない。

研究者たちにたらい回しにされていたから、居場所が落ち着かないのだ。

では何故たらい回しにされていたか。

理由は明らかだった。

(少女を研究しても)

得るものはなにもない。

得ることができないのだ。

調べても調べても、わかることなど何もない。特に寿命に関しては、どんな方法をもってしても、知ることができなかった。

多くの研究者が投げ出した分、解き明かした時の名誉は大きいのだが、それができなかった時には何の意味もない。だから研究者たちは、手に負えないとわかるとすぐに少女を手放した。

そして少女は移動する。

(なんて愚かな……)

自分はそう、一人わらっていた。

どうして気付かないのか、それがわからなかった。

研究者たちは、実験の結果から何の発表もできなかったが、それは研究者たちの想像力が貧困だっただけなのだと、自分は思う。

(何故なら)

研究者たちの実験結果は、すべて同じだったのだから。つまりそれは、その結果に間違いのないことを示している。

(この少女には)

寿命がない——!

そのことを、誰も信じられないだけなのだ。

（寿命のない少女）
そんな種族を、自分は一つだけ知っていた。
ただそれがあまりにナンセンスで、信じていなかったのだ。
（いればいいと思っていた）
共に生きられるから。
そして今、証拠がある。
（寿命のない少女）
それを。
（どうして信じずにおられよう……？）

「『不思議……少女』——」

思わず呟いた。

その時を思い出す。

その日以来、自分はいつも彼女を見守っていた。結局接触することはせず、見守ろうと決めたのだ。

（彼女は——『不思議少女』）

せい連のトップである自分が接触すれば、嫌でも目立ってしまい、そのことがばれる可能性があった。そんなことになったら、彼女はせい連に拘束され、今後を自由に動けなくなってしまう。

（下手をすれば永遠）

ここにいることになってしまうのだ。

そんな窮屈な思いだけは、させたくなかった。

（それに——）

彼女の日常を見守るだけで、自分の生活はずいぶん楽しいものになった。日々変わるモノを目にし、生きている実感が湧いた。彼女はめったに笑うことはなかったが、彼女が笑うだけで、自分も何故か嬉しかった。満たされた気がした。

（だからフィーが）

自分は許せなかった。

他の研究者と違い、彼女を『人間』として扱った。

優しく、丁重に。

最初は確かに娘の代わりだったのだろう。しかし徐々にそうでなくなっていったのは、二人の様子を見ればわかった。

恋人の『愛』ではなかったのかもしれない。けれどその間に生まれたものは、紛れもなく『愛』だったのだ。自分の目にはそう映った。

(腹立たしかった)

大切に育てた花を、先に摘み取られたような感覚。元々自分のものではないけれど、自分は抑えが利かなかった。

(壊れていた)

息もつかず世界の前を走りつづけた自分は。

彼女を見る時だけが平穏だった自分は。

失うことで、閉じ込められた。

(狂っていた)

そして自分は、彼女が『不思議少女』であるのだとせい連に明かし、彼女を『平和塔』へ連れてきた。

(フィーを断ち切るために)

フィーを摘み取った。

(そして)

その事実を。

その罪を。

背負いながら生きていくのが嫌で、そのまま彼女に会ったら謝りたくなるから。

狡いことをした。

(侑木に)

その記憶を封じさせた。

彼の第三の眼によって記憶を封じる暗示をかけられた自分は、『平和塔』ではじめて彼女に出会い。

（その後は――）

　くり返す必要はないだろう。

　自分の汚い人生を、振り返るのはとても辛い。くり返したくない。

（一番狡かったのは自分か……）

　嫌がる侑木に命令し、記憶を消させた。自分はせい連のトップだった。命令ならば、侑木は断ることができない。ましてあの時の侑木は、まだ幼かったのだ。

　自分は。

（自分の嫌な記憶を消して）

　気楽に生きようとしていた。

『どうしてもあんたを許すことはできない』

　その侑木の言葉の意味が、今ならよくわかる。

（あの時彼女の過去を見せたのは）

　おそらく警告のつもりだったのだろう。

『これで記憶を取り戻すなら、あんたのしたことを許そう』

そんな意味があったのだと思う。

しかし自分は気付かず、彼女の『出会い』に協力しようとした。


「それって自己満足？」

「自己完結？」

「それでいいのか？」

「それがあんた？」

「本心は何だ」

「言ってみろよ！」


侑木の疑問は正しい。

自分自身、心の底では汚いことばかり考えているのだろう。闇に葬り去った自分は。

けれどそんな自分など認めない自分は、やはり何も気付かずに生きた。
それを邪魔しようと侑木は、彼女とクウェンの出会いを、見事に演出した。
自分は消した記憶を取り戻し、ただ生き方を失い——何もできずに、もがくだけ……。
(——これから)
どうやって生きよう。
どうやって償おう。
何をしても答えは出ないようで。
自分は動き出せない。
(——ああ……)
何度も吐き出された二文字を、また吐く。
命が縮まる気がした。
縮めばいいと思った。
早く。
もっと早く。
(死にたい——?)

「許さないわ」

不意に声が聞こえた。

それは他でもなく——織羽だ。

三・織羽

「許さないわ」

「！　……織、羽……？」


どうして……そんな眼で、タクヤはあたしを見つめた。

あたしはゆっくりと、タクヤの方に近づく。

(侑木の残した命を)

守るために。

「侑木は死んだの」

「！」

「あたしにすべてを、託して」

タクヤの眼が大きく開かれた。

あたしは膝をついたままのタクヤに、ゆっくりと手を伸ばす。

（侑木は死んだ）

タクヤがあたしにしたことを伝え。

侑木自身があたしにしたことを伝え。

（タクヤを死なせないこと）

それを遺言とした侑木は。

あたしに。

「あなたを許せと言った」

タクヤはあたしの手を取らない。

だからあたしは、むりやり彼の手をひいた。

「だから」

「織羽……っ」

タクヤの顔をあたしまで引き寄せ、至近距離で見つめた。言葉は一つだった。

「許さないわ」

タクヤは目をそらし。

「——死なせてくれ……」

そう呟いた。

その反応が。

(許せなくて)

「タクヤ!」

あたしは手を放すと、タクヤの顔を両手で挟んだ。そしてむりやりあたしの方に向かせる。

タクヤは驚いた顔をしていた。

「死ぬことは、許さないわ」

「!」

「それ以外のことは、全部あなたを許す。——侑木が言っていたの。『憎しみも苦しみも……悲しみも全部俺が背負っていくから。タクヤのそれだけは許すな』って」

タクヤの命令に逆らうことのできなかった侑木。クウェンの人生を、作り上げてしまった侑木。彼も同じように傷ついていたのに。

(それでも)

タクヤの孤独を知っていたから。

彼自身は許せなかった。

だけどあたしに。周りを――。

「タクヤ……」

タクヤはゆっくりと涙を流した。

「許して……くれるのか――?」

あたしはタクヤを放すと、ゆっくりと宙《そら》へ近づく。

「正直言って、とても憎いの」

飾らない本心。

フィーを殺したタクヤを、簡単に許すことはできない。

「でもあなたがこれからも生きていくなら」

高い空を見上げた。

「それが『罰』だと思うわ」

あたしは傍にいるのだ。互いが代表であり続ける以上。生き続ける以上。

あたしはただ、言葉を紡いだ。

「だから逃げないで」

そうすることでしか、許せないから。

何故だか涙があふれた。

「あなたが壊した幸せを」

「これからのあたしに……」


——返して……？


それは声にならなかった。

「織羽……」

タクヤはあたしを呟く。

けれど反応のできないあたしに気付いて、ゆっくりと立ち上がった。そんな気配だった。

やがて遠ざかる足音が聞こえ、あたしはその空間で独りになる。
いちばん空に近い場所で。
（——どうして……？）
涙がとまらなかった。
もうずっと昔に、一緒にいたフィー。
それから今までを、支えてくれたタクヤ。
（憎みきれない）
許しきれない。
あたしはゆっくりと座り込む。
『あたし』を考える。
（何が悪かったの？）
何をしていたの？
何を見たの？
何を生きてきたの？
何を知っていたの？

何を思っていたの?

(何が、狂っていたの……?)


『憎んでばかりじゃ、疲れてしまうよ』


不意に声がした。

座ったままの、あたしは振り返る。

そこにいたのは。

「……フィー……?」

その幻は、優しく微笑んだ。

おそらく侑木がかけたのだろう。

それは最期の暗示。

「フィー!」

『想いを我慢しなければいいと、教えてくれたのは君だろう、織羽』
ええ、そうね。
『生きるということは、様々な要因で変化するものだ』
あたしはゆっくりと立ち上がる。
『どんな感情でもいい。それがあるということは、生きているということだよ』
まるでいつものあたしのような、言霊《ことだま》のダンス。
だからあたしには、フィーの言いたいことがわかった。
代わりに続ける。

「感情を左右する要因は、いつでも一つじゃない」
「その一つ一つに、ぶつけることはないわ」
「我慢しないで」
「吐き出したら」
「想いを無に還そう」

——無に、還そう……?

フィーはゆっくりと頷く。
『後悔はしていないよ』
あたしに手を伸ばした。
『なくしたこと。出会えたこと』
あたしも手を伸ばす。
『私の人生に』
感触はない。ただ温もりだけ。
「フィー」
『だから織羽。君も……』
フィーが遠くなる。徐々に存在が薄れ。
あたしは手を放した。
(涙はとまらない)

けれど微笑む。

「わかったわ、フィー」

誰を憎むとか。

誰を許すとか。

(そんなんじゃなくて)

「思うままに、生きろと」

あたしは生きようと。

(約束)

「フィー?」

既に輪郭だけのフィーに、あたしはもう一度手を伸ばした。

小指を立てたまま。

そしてフィーは何も言わず。


光だけが暖かかった。

「フィー……っ」

——クウェンを、頼むよ……

そんな声が、聞こえた気がした。
そこには何もない。
ただ見えない、約束だけ。
(大切にするわ)
これまでの自分《あたし》を。
包んでくれたみんなを。
(クウェンとのこれからを)

微笑む。

――さよなら

ありがとう。

あとがき

この作品を初めて完成させてから、すでに一年と半年が経とうとしています。

それだけ練って温めたこの作品が、こうして一冊の本として手元に残ることになって、とても嬉しく思います。

この本は私にとって、就職活動の一環であり、二十歳の記念でもある大切なものです。そして皆さんにとっても、大切と思える一冊になることを願っています。

ここまで読んで下さった皆さん、この本をつくることに携わって下さった皆さん、登場人物に名前を貸して下さった皆さん、そして表紙のイラストを描いて下さったjunnyさん。

本当にありがとうございました。

二〇〇二年四月

伊塚和水拝

著者プロフィール

伊塚 和水（いづか かずい）

1981年9月、青森県むつ市生まれ。
現在、弘前大学人文学部在籍中。
小学生の頃から創作活動を開始、小説を中心に執筆。
その一部を自身のサイトで公開中。
http://ojiji.net/kazui/

氷の檻

2002年7月15日　初版第1刷発行

著　者　伊塚 和水
発行者　瓜谷 綱延
発行所　株式会社 文芸社
〒160-0022　東京都新宿区新宿1-10-1
電話　03-5369-3060（編集）
03-5369-2299（販売）
振替　00190-8-728265

印刷所　図書印刷株式会社

ISBN4-8355-4109-X C0093